牧野圭祐
ill.かれい
銀河鉄道の夜を越えて
~月とライカと吸血姫 星町編~

Contents

■Cover & Logo design／Junya Arai + Bay Bridge Studio

そういえば、いつから無重力は始まるんだろう？

私は窓の外に向けていた意識を、自分の身体に向ける。

と、耳の傍に気配がした。

「ん？」

見ると、アリアは私に触れそうなほどに顔を寄せていた。

「わっ!?」

びっくりして思わず身を引いたら、肘掛けに肘をしたたかにぶつけた。

「痛――ッ」

肘がじんじんしびれて悶えていると、

「ミサ……大丈夫？」

アリアに心配そうに声をかけられた。

私は自分の耳たぶが熱くなるのを感じる。

「ち、近いんだもんっ……！」

私が痛がりながら金切り声を上げると、アリアは口を手で押さえて、くすくす笑う。

「ごめんなさい。」

銀河鉄道の夜を越えて

～月とライカと吸血姫　星町編～

牧野圭祐

ill.かれい

この物語は『銀河鉄道の夜を越えて』（H△G『青色フィルム』収録）と『銀河鉄道の夜』（宮澤賢治著）に着想を得て書かれました。

人物紹介

■ミサ …… 星町女学院に通う高校二年生。

■アリア …… 吸血鬼のような外見の美しい少女。

■レフ・レプス …… 一九六二年に星町に立ち寄った宇宙飛行士。

■イリナ・ルミネスク …… 一九六二年に星町に立ち寄った宇宙飛行士。

星町
星祭り会場
天文台建設予定地
音川
星見が丘
ハイツ星町
蛍の生息地
星町女学院
HOSHIMACHI
MAP

これは、今から半世紀以上も前の話。
人類が月に降り立つ前の物語——

〈一〉宇宙の彼方で

無限に広がる暗闇《くらやみ》に、無数の草山丹花《ペンタス》が咲いている。

それは、宇宙で瞬《またた》く星々。私の心を摑《つか》んで離さない、時空を超えた光。

めくるめく光景に包まれた私の傍《そば》で、瑠璃色《るりいろ》の惑星がゆるやかに回転している。

チリン……

儚《はかな》げな鈴の音が響くと、ジジッという雑音が鼓膜を突いた。

《――本日はご乗車、誠にありがとうございます。当列車は海王星を出発しました》

機械的な車内放送で私は引き戻された。未知の世界とこちらとを隔てる硝子《がらす》には、子どもっぽい少女が映っている。肩までの長さの黒髪を後頭部でひとつに結っている。自信なさげな薄い眉《まゆ》に、大きな茶色の瞳《ひとみ》。小さなそばかす。

その少女は――車窓に見入っていた私だ。

「ここは……どこ？」

私は車窓から目を離して、周りを確認する。

一九世紀の高級ホテルのような、細やかで美麗な装飾。ふかふかの座席。柔らかな光を揺らめかせる鉄製の洋灯《ランプ》。

そうだ、私は宇宙を旅する列車に乗っていたんだ。

あらためて、窓の向こうに目をやる。

瑠璃色の惑星は闇の果てへ遠ざかっていく。地球はもう見えない。

ずいぶん遠くまで来ちゃった。

車内放送が終わると、聞こえてくる音は列車の走行音だけ。五〇名は乗れそうな車内に、私以外には誰もいない。

あまりにも静かで、心細くなってくる。

このまま乗っていたら、間違って車庫に入れられない？

帰れなくなったらどうしよう？

帰り……？

そう思ったとき、お腹《なか》の奥がヒヤッとなった。

「帰りの切符、持ってたっけ……？」

スカートのポケットを探しても、見つからない。

一瞬、焦ったけど。

「まあ、いっか。帰れなくても……」

柔らかで心地よい背もたれに、私は身体《からだ》をうずめる。

学校。勉強。塾。両親。友だち。恋。将来。夢。

つぎつぎと浮かんでくる悩みごとが、胸をぎゅうぎゅうと締めつけてくる。

せっかくの旅なのに、思い出すなんてイヤだな。

でも、いくら振り払おうとしても、頭から離れない。

全部忘れたい。
地球になんて戻りたくない。
このまま、宇宙の果てまで行けたらいいのに。
このまま、どこまでも。
「はぁ……」
深いため息を吐《つ》くと、蠟燭《ろうそく》の火が消えるように、星々はいっせいに輝きを失った。
「何……？」
車窓は墨を塗りたくったように真っ黒になった。
闇《やみ》が車内にじわりと滲《にじ》んでくる。
《――お客様に……゛゛……ご案内申ジ上ゲマ――――》
車内放送が雑音混じりで歪《ゆが》んでいる。
《――ツギ…゛゛ハ、死ノ星……》
「死の星……？」
よどんだ冷気に首すじを撫《な》でられ、ぞくっとなった。
《――……ケ゛゛ーン河ヲ……シマ……マ……》
眼下に、漆黒《しっこく》の物体の濁流が見えた。
床が透明になった？

違う、床がなくなってる。
「嘘《うそ》ッ!?」
気づいたら、列車の壁も座席も消え去っていて、私は宇宙に放り出されていた。
空虚な空間をたゆたう黄土色の球体に、ゆらゆらと引き寄せられていく。
「あれが、死の星……」
絶望的な引力には抗《あらが》えない。
身の毛もよだつ気配を感じる。
心が暗黒にからめとられる。
身体《からだ》が動かない。
動いたって、助からない。
死にたくはない。
でも、もう仕方ないのかも。
それでいいや。
全宇宙を探したって、救いは見つからないから。
気持ちをわかってくれる人は、もういないから。
だからもう、考えるのをやめる。
血液が闇に溶け出し、孤独が染み込んでくる。

身体《からだ》が凍り、視界がかすむ。

意識は薄れて、ゆらゆらとした眠りに落ちてゆく。

さよなら……


（……ミ……サ）

その声は、遠くから、いや、すごく近くから聞こえた気がした。

（……ミサ）


包み込むように温かくて、切り裂くように冷たい。高くも低くもない、色や形のない透きとおった声が。

心に直接――

「ミサ！」

背中をドンと叩《たた》かれた衝撃で、私はハッと目を開けた。

眼下には机。公民の教科書。

ゆっくりと顔をあげると、目の前にはセーラー服の背中が見える。

あれ……？

頭がぼんやりとしたまま、左側にある窓の外に目をやる。

土ぼこりの舞う運動場。黄色に染まりはじめた銀杏《いちょう》の葉。うろこ雲の広がる秋晴れの空。星の海も黄土色の球体もない、いつもの風景。

黒板の日付は一一月九日。宇宙旅行ができる未来じゃなくて、一九六四年の一一月。

そしてここは、星町女学院高等部、二年A組の教室。窓際の後ろから二列目。

……居眠りしてた。

先生にバレてないか、そっと確認する。

よかった、板書に夢中で気づいてない。

私は額に浮かんだ汗を拭《ぬぐ》い、小さく息を吐く。

ふだんは授業中に居眠りなんてしないのに、きっと昨晩、全然眠れなかったせいだ。布団《ふとん》に入って目を閉じると、小さな悩みがつぎつぎと浮かんできて、なかなか寝つけなかった。

それにしても、さっきの夢はすごく怖かった。

一面に広がる星の海は、魂が洗われるような美しさだったけど、一方で死の星は、思い出すだけで身が震えるほど絶望的だった。

驚くのは、夢の中の自分が「死んでもいい」と考えてたこと。確かに、たくさん悩みはあるけど、同年代の人なら誰もが抱えてるような軽いものばかりで、死ぬほど深刻なものはない。

だから、どうしてあんなひどい悪夢を見たんだろうと、私は心の中で苦笑する。

それになにより、宇宙を走る列車なんて、非現実的にもほどがある。人類は宇宙空間に出るのがやっとで、月にさえ到達してないんだから。

とにかく、先生に叱《しか》られる前に目が覚めてよかった。

ん？　目覚めて……？

待って。

最後に私の名前を呼んだのは誰？

このクラスに私を「ミサ」と呼び捨てにする人はいない。苗字に「さん」付けか「ミサちゃん」と呼ぶ。だから、夢の中の声かと思ったけど、背中をドンと突かれた感触がはっきりと残っている。

可能性があるとすれば――

私はそっと、後ろの席を確認する。

やっぱり、欠席だ。

後ろの席のアリアさんは今年の四月に転校してきたのに、これまで転校初日しか登校していない。もう一一月だというのに、たった一日だけ。そして、私は彼女が登校した日にちょうど風邪で休んでいたから、彼女に会ってない。

そんなアリアさんは、もはや存在しない扱いだった。出席は取られず、一番後ろの窓際に席だけがある。彼女の欠席の理由は「体調不良」とされていて、本当のところは誰も知らないけど、同級生の一部はこう言っている。

「『吸血鬼』だから昼間に出歩けないのかも?」

　そんな馬鹿なと思ったけど、同級生の話だと、異国生まれの彼女は見た目が人間離れしていたらしい。

　髪は輝くような亜麻色《ブロンド》で、肌は新雪のように白くて、瞳《ひとみ》は赤くて、八重歯が覗《のぞ》いていた。耳は髪に隠れて見えなかったけど(吸血鬼なら尖《とが》ってる)、その外見はまさに噂《うわさ》に聞く吸血鬼だったそうだ。私は直接見てないのでなんとも言えないけど、外国人ならそういう人もいるんじゃないかと思える。

　アリアさんが欠席している原因は、もしかして、心ない同級生に不快なことを言われたからじゃないかと私は気になっていた。外見がこの国の人と全然違うからって「吸血鬼」なんて陰口を叩《たた》かれて喜ぶ人はいないだろうし。

　公民の先生は『現代社会と吸血種族』という項目を読み始めた。小学校の頃に道徳の授業で習うし、ニュースでも話題になるので、基礎的なことは知っている。

　吸血鬼は、一般的には『呪われた種族』とみなされてる。私の住んでるこの町ではまったく見かけないけど、その一族は世界各地にいる。

　東の大国『ツィルニトラ共和国連邦』の周辺には、ごく少数の『純血の吸血鬼』が今も生きている。

西の大国『アーナック連合王国』には、吸血鬼の血を引く『新血種族《ダンピール》』が多数暮らしていて、人間といがみ合いながらも共存している。

種族名はおどろおどろしいけど、人を襲って血を吸うことはない（儀式で動物の血を吸うことはあるようだ）。

吸血鬼は外見に「赤い瞳《ひとみ》、尖《とが》った耳、鋭い牙《きば》」という特徴はあるものの、身体的な数値は人間と変わらない。吸血鬼が人間と異なる主な点は「日光に弱く、寒さに強く、夜目が利き、味覚がない」こと。また、人間の血が入っている新血種族に至っては、味覚が若干異なるだけで、外見を除けばほぼ人間だという。

じゃあどうして『呪われた種族』とみなされてるのか？

それは、中世に教会が「吸血鬼が伝染病の原因」という事実と異なる噂《うわさ》を広めたせいらしい。本当の原因は鼠《ねずみ》なので、ひどい話だと私は思う。

そんな吸血種族だけど、近年は社会進出が目立ち始めている。

今から四年前、一九六〇年に『史上初の宇宙飛行士』となった共和国の女性飛行士イリナ・ルミネスクさんは純血の吸血鬼だ。

当時、イリナさんは一七歳の少女だった。

私はそれを知ったとき、開いた口が塞《ふさ》がらなかった。一七歳なら、現在高校二年生の私と同い年なのだ。今の自分に宇宙飛行なんて一〇〇パーセント不可能（そもそも私が宇宙船に乗る機会はないけど）。

一方、連合王国では、新血種族の才媛カイエ・スカーレットさんが宇宙開発のコンピューター部門を引っ張っている。

彼女たちの活躍で、世間の吸血種族に対する負の印象は薄れつつある。

でも、極東の島国の小さな町においては、吸血鬼はいまだに『呪われた種族』だ。小説や昔話で描かれてきた『人外の怪物』という印象が強い。私はイリナさんやカイエさんに尊敬の念を持っているけど、ほかの吸血種族に対して恐怖心がないと言えば嘘《うそ》になる。実際に会ったら、きっと目をそらして避けてしまうだろう。とくに男性の吸血鬼なんて絶対に無理だ。人間の男子だって苦手なんだから。

☆☆☆

いつもどおり、変わり映えのしない授業が終わった。

帰り際、担任の先生が私たちに事務的に告げる。

「皆さん、今夜は『星祭り』です。夜に出歩いてもいいけれど、羽目を外しすぎないように」

多くの生徒がヒソヒソ声を上げて、にやにやと笑みをこぼす。この学校は校則が厳しくて、夜遊びは厳禁で、もし見つかれば補導されてしまうのだけど、年に一度開かれる星祭りの夜だけは特別に見逃される。

星町には四季折々の行事がたくさんあるけれど、その中でも星祭りはもっとも大きな行事のひとつだ。町の中心を流れる川沿いの道は星形の提灯で幻想的に彩られて、河川敷には夜店が立ち並び、たくさんの人々で賑《にぎ》わう。

みんなが予定を立てて盛り上がるのを横目に、私は誰とも話さず、鞄《かばん》を手にそそくさと教室を出た。

どうも集団が苦手で、輪に入れない。

教室の隅が好きで、休み時間はだいたいひとりで本を読んでいる。

勉強はふつう、運動は平均以下で、目立つところは何もない。

誰かに一目惚れされるような外見でもなく、これといった特技もない。

いろいろとがんばってはみるけれど、要領が悪くて、よく失敗する。

私は、この世界にとって、いてもいなくてもいい存在。そんなことを思ってしまう。

そして、そう思ってしまう自分が、私は嫌いだった。

☆☆☆

私の生まれ育った集合住宅『星町ハイツ』は、小高い丘の上に建っている。周囲には畑が広がる、牧歌的な地域だ。

住宅入り口の郵便受けが空っぽだったことを確認した私は、五階の一番端にある自宅に向かう。最上階の角部屋なので眺めが良くて、星町が一望できるのが自慢だ。

薄暗い玄関に、「ただいま」という私の声がこだまする。返事はない。会社員の父は単身赴任中。母は菓子工場で働いていて帰宅は夜遅い。

台所に作り置きされた夕食を横目にお茶を一杯飲むと、着替えもせず、居間のソファーにごろんと寝転ぶ。

今夜は塾だ。面倒だけど、少し休憩したら、予習をしなきゃいけない。

最近「受験戦争」という言葉が使われ始めた。不幸なことに、戦後生まれの私の世代は、競争を強いられる最初の世代らしい。

大戦が終わった一九年前からしばらくのあいだ、この国は貧乏で、人びとは日々の暮らしで精いっぱいだったと私は親から聞いた。でも、経済が急成長して生活に余裕が生まれるほど、「幸福な人生を送るには、いい大学に入り、いい企業に就職すること」っていう考えがふつうになっていったようだ。

そして私は、自分が望むと望まざるとにかかわらず、社会が決めた『いい人生』を両親や学校に強制される。私の通う星町女学院は地域で一番の進学校だから、成功への意識が高い人も多い。でも、はっきり言ってしまえば、私は勉強は好きじゃないし、人生の成功っていうのがなんだかわからない。最新型の家電を手に入れて美味《おい》しいものを食べて不自由なく暮らせるとしたら、それはもちろん幸福だろうし、そうなりたいけど。

そんなだから、星祭りの今夜くらいは塾を休みたいなぁと思ってしまう。けど、休んでも、お祭りにいっしょに行くような仲の良い友だちはいないし。もし明日学校でお祭りの話に巻き込まれたら「私は塾があって行けなかった」なんて言い訳に塾を使えるのはいい。

「カレンがいたらなぁ……」

ぽつりと、口から想いが零《こぼ》れた。

中学三年生までは、幼なじみのカレンとふたりで星祭りに行っていた。

私にとって、彼女はたったひとりの親友だった。

でも、高校へ上がるとき、彼女は遠くの町に引っ越してしまった。その別れぎわがとても気まずくて、私の心は痛んだままだ。

カレンと離れて以来、私はずっとひとり。彼女と会わなくなってもう一年半も経つけど、いまだに傷口はふさがらない。

きっと、永遠にふさがらない。

全部、私が悪いのだから。

☆☆☆

柔らかな光に、まぶたをくすぐられた。

「……ん？」

いつのまにかソファーで居眠りをしていた。「んんー」と伸びをしながら光の先に目を向けると、カーテンの隙間から、紫と橙色《だいだいいろ》の入り混じった夕闇が見える。

時計は、午後六時を指すところだ。

少しだけ横になるつもりだったのに、制服のままで二時間ちかくも眠ってしまった。睡眠不足とはいえ、今日はずいぶん睡魔に襲われる。

もう夕飯の時間じゃないかと、眠い目をこすりながらもそもそと起き上がり、制服の上着を脱いだとき、机の上に置いてある塾の教材が目に入った。

「あれ……？」

今日は塾じゃなかったっけ？

背筋がすーっと寒くなった。

「ああ!?」

遅刻する！

私は脱いだ制服を着直すと、鞄《かばん》をひっつかんで家を駆け出した。

自転車を飛ばし、息せき切って塾に駆け込んだものの、教室はがらんとしていて、初老の先生がひとりぽつねんとしていた。

「毎年この日は、急に風邪が流行《はや》るんだよね」

初老の先生は肩をすくめる。

星祭りに行くために仮病で休む生徒が多いのだ。

だからといって、私以外の全員が休むなんて。

とても気まずい空気のなか、私は「遅刻してすみません」と頭を下げる。

すると。

「いいんだ。今日は休みにしよう」と先生は言った。

「え、休講ですか?」

「キミひとりだけ、先に進めるわけにはいかないからね」

いつもは厳しくまじめな先生がみんなの欠席を怒りもせず、それどころか休みにするとは、どういう風の吹き回しだろう。

しかし、そう言われても「じゃあ帰ります」とは言えず、私が戸惑《とまど》っていると、先生は首をかしげた。

「キミは星祭りに行かないの?」

「塾があったので……」

「今からなら間に合うよ。行ってらっしゃい」

「でも、私は……」

行くつもりはなくて、と答えようとしたら、先生に言葉を遮《さえぎ》られた。

「いいから。ほら、早く帰りなさい。もう閉めるよ」

ずいぶん急《せ》かすけど、もしかして先生、星祭りに行きたいんじゃ……？

絶対にそうだ。

そんなこと、訊《き》けないけど。


強引に塾を追い出された私は、自転車の前で途方に暮れる。

「祭りに行ってらっしゃいって言われても……」

私の目の前を、星祭りへ向かう人たちがぞろぞろと通り過ぎていく。誰もが笑みを湛《たた》えて、足取りも浮ついている。

今夜は町全体がふわふわしている気がする。

「星祭りか……」

天を仰ぐと、まん丸な満月と目が合った。やけに眠くなるのは満月だからかもしれない。

さて、どうしよう。

家に帰って冷たいご飯を食べる？　それとも星祭りに行く？

宵の口、自転車をゆっくり漕《こ》ぎながら考えた結果——

「行こっかな……」

いっしょに行く相手はいないけど、年に一度のお祭りだ。雰囲気だけでも味わって家に帰ろう。

私は自転車のハンドルを切って、星祭りの会場である音川《おとがわ》に向かった。

〈二〉星祭りの夜

星町の中央を流れる音川《おとがわ》は桜の名所として知られていて、桜花爛漫《らんまん》の春には桜祭りが、そして桜紅葉が美しい秋には星祭りが開かれる。

星祭りの今日は、堤防の桜並木に星型の提灯が吊《つる》されて、美しい光の道ができている。

会場から少し離れた場所に自転車を停めた私は、星の並木道をゆっくり歩きながら、幻想的な雰囲気を味わう。

夜店が軒を連ねる河川敷に降りると、祭りを楽しむ人びとでごった返している。

特設台で演奏されているスティールギターの優しい音色が、夜風に乗って耳に届く。

鉄板でジュウジュウと焼かれる肉の煙、綿菓子や林檎飴《りんごあめ》の甘い匂《にお》いが入り混じって鼻孔をくすぐる。

何か買って食べたいけど、慌てて家を飛び出したせいで、財布を置いてきてしまった。

でも、趣のある賑《にぎ》やかなこの場所にいるだけで心は満たされる。

やっぱり来て良かった。

にぎやかな人混みのなかで隣に誰もいないのは少し寂しいけど、なんて思いながら河川敷をふらふらと彷徨《さまよ》っていると、同級生の集団を見つけて、私はハッと足を止めた。

非日常の世界から一気に現実に引き戻される。

美麗に着飾った同級生たちは他校の男子と談笑していて、私には気づいていない。

気づかれたくない。

私はしわの寄った制服で、髪もぐちゃぐちゃだ。彼女たちに見つかって「ひとり？」と訊《き》かれたら、ばつが悪い。

見つかる前に逃げよう。

私は夜の闇《やみ》に紛れて、こそこそと離れる。

べつに彼女たちを嫌悪してるわけじゃないし、いじめられてるわけでもない。顔を合わせれば、ふつうにあいさつを交わすだろう。

ただ、引け目を感じるというか、調子を合わせると気疲れしてしまうから、なるべく距離を置いていた。

私は家になんとなく帰りたくなくて、橋を渡り、対岸へ行く。

こちら岸には夜店は出ておらず、提灯もないので薄暗い。雑草の生えた石段に腰掛けると、人いきれがなくて夜風が少し肌寒い。

祭りで華やぐ向こう岸とは川で分断されていて、まるで別世界だ。

月光や星々の光がゆるやかな川面に降り注ぎ、きらきらと反射する。風で飛ばされてきたのか、小舟のように提灯が浮かんでいる。その幻想的な光景はまるで天の川を行く宇宙船のよう。

『星祭りの夜には奇跡が起きる』という言い伝えがあるけれど、本当に何か不思議なことが起きてもおかしくない。実際、いくつもの言い伝えや嘘《うそ》みたいな逸話を私は知っている。

星町には、その地名が表すとおり、月や星にまつわる行事が多くて、子どもたちは幼い頃から宇宙に親しみを感じて育つ。

そんな私が明確に宇宙への憧《あこが》れを抱いたのは、今から三年近く前の、一九六二年初頭。共和国の宇宙飛行士二名、イリナさんと、『史上初の人間の宇宙飛行士』であるレフ・レプスさんが世界周遊の途中で星町に立ち寄ったことがひとつのきっかけだった。

世界的英雄の来訪を、星町は町を挙げて歓迎した。彼らの講演会には全国各地から応募が殺到してすごい倍率だったけど、私は「地元の中学校」という特別枠で聴く機会に恵まれた。『宇宙旅行の準備を！』という講演会の題材に興奮し、宇宙飛行士のふたりと握手をして、彼らの著書『宇宙への旅路』にはサインまでもらった。

それからというもの、私は図書館に通って宇宙に関する本を読みふけり、宇宙旅行を夢想した。高校受験の勉強よりも宇宙について調べて、親に何度も叱《しか》られたものだ。

そして中学の終わりには、私の心に今も傷を残す、人生で一番忘れたい出来事があったけど、私は第一志望だった高校に入り、今に至る。

先月の一〇月には『四年に一度のスポーツの祭典』がこの国で開催されて、同級生は夢中で自国の選手を応援していたけど、私はひとり、宇宙での他国の競い合いで胸が熱くなっていた。一九六四年一〇月一二日、共和国が史上初の『複数名搭乗による宇宙飛行』を成し遂げた。その飛行に使用された『新型宇宙船』は共和国の秘密主義によって非公開だけど、そういう秘《ひ》匿《とく》がよけいに妄想をかき立てる。

遥かなる宇宙に、私は未来の夢を見る。

でも同時に、宇宙は悩みを生み出すものでもあり、気づくとこうしてあれこれと考えてしまっている。

私は将来、宇宙関連の職業に就きたい。それで、もうすぐ高校三年生になるのでそろそろ進路を決めないといけないのだけど、この夢は担任にも親にも言ってない。

言えずにいるのは、単純な理由。

自信がないから。

この国の宇宙開発は開始されて日が浅く、関わる人数は少なく、開発に携わる者は理数系で最高の頭脳を持つ専門家ばかりという狭き門だ。平均的な学力しかない上に、外国語もしゃべれない私がそこに入れるわけがない。

そんな私が、もし進路相談で「宇宙の仕事を……」なんて漠然とした夢を口にしたら、「現実を見なさい」と呆《あき》れられるに決まってる。

「現実……」

私は天を仰ぎ、大きくため息を吐《つ》く。絵画のような濃紺《こん》の夜空を見上げていると、教室で見た宇宙旅行の夢がふと頭に浮かんだ。

――このまま、宇宙の果てまで行けたらいいのに。

行けるものなら行ってみたい。ここから遠く離れた、私のことを誰も知らない場所へ。

「はぁ……」

そんなのは現実逃避だとわかってる。

現実では宿題が待ってる。

お腹《なか》も空いたし、そろそろ家に帰ろう。

そう思ったとき、小さな女の子がひとり、石段を上がってこちらへ向かってきた。月明かりの下、可愛《かわい》らしい三つ編みが揺れる。小学校低学年くらいだ。

「こんばんは!」

いきなり笑顔で元気よくあいさつされたのでびっくりした。

「こんばんは」。戸惑《とまど》いながらも、私は微笑《ほほえ》み返した。

周りを見ても親の姿はない。迷子だろうかと考えていると、女の子は私に「はい」と手を差し出してきた。

「これ、あげる」

女の子の手には、星型に咲く桃色の花がある。星町を象徴する花、草山丹花《ペンタス》だ。つい先日までは町のそこかしこで咲いてたけど、木枯らしとともに多くは散っていった。

「お花を、私にくれるの?」

「うん。ライカピンクっていうの」

花は八重咲きで、ライカピンクという品種は見たことも聞いたこともない。ひょっとしたら、この子が独自に命名したのかもしれない。私も小学校の頃はいろいろなものに勝手に名前をつけたものだ。

「ねえ、可愛いでしょ？　あげる」

女の子はどうしても受け取ってほしいみたいで、ぐいぐいと私に突きつけてくる。

「ええ、ありがとう」

私は花を受け取ると、あらためて女の子の顔を見る。どこかで見たことがあるような気もするけど、やっぱり知らない子だ。

でも、どうしてこの子はひとりでいるんだろう？

話している雰囲気からすると迷子じゃなさそうだけど、ひとりで祭りをふらふらするには幼すぎる。あたりは薄暗いし、川に落ちたら大変だ。

ちょっと心配で、親について尋ねようとした矢先、

「もんだい。このお花の花ことばは、なぁに？」と女の子に問われた。

突然の出題に戸惑ったけど、この問題は簡単だ。星町で生まれ育った者なら、花に疎い男性でも知っている。

「『願いごとが叶う』でしょ？」

星の形をした花に、『流れ星に祈ると願いが叶う』という言い伝えをなぞらえた花ことばだ。

「じゃあ、おねえちゃんのねがいごとは？」

「私の？」

――宇宙関係の仕事に就くこと。

回答はすぐ思い浮かんだけれど、私は答えない。小さな女の子相手に隠すことでもないのに、言いふらされたり、笑われたりしたら嫌だなという気持ちが前に出てしまう。

「えーっと、願いごとはね……」

ほかの願いを探していると、女の子は不満そうに口をツンと尖《とが》らせる。

「なにもないのー？」

「ううん、ないこともないけど……」

「なーに？」

困ったな。

「……ねえ、それよりも、あなたはひとり？」

「ひとりだよ」

「お友だちや家族はいっしょじゃないの？」

「おねえちゃんだって、ひとりじゃん」と女の子は強い口調で言った。

「そ、それはそうだけど、私は高校生だから……」

「ねがいごと、おしえてくれないんだ」

話を逸《そ》らしたせいか、女の子はむくれた。

そして——

「お花、からさないでね！」

そう言い捨てて、女の子は堤防の上に向かって走り出した。

「あっ、待って！」

追いかけようとしたのだけど、彼女の姿は闇《やみ》に溶けて見えなくなってしまった。ひとりで行っちゃったのは心配だけど、しっかりしてたし、大丈夫かな。

「……でも、何だったんだろ？　花をくれて」

と、もらった花を見て、私は目を疑った。

「えっ……!?」

私の手から花はなくなっていて、折り紙で作られた星形の花がある。

「何これ？」

わけがわからない。

受け取ったときは、本物の花だった。目を離した一瞬の隙《すき》に折り紙に変わるなんて、まるで夜店の大道芸人がやる手品だ。

「ちょっとぉ……」

混乱してあたりを見回したけど、誰もいなくて、夜の闇が静かに横たわっている。

「どうしよ……」

小さな子からもらったものなので、捨てるに捨てられない。まさか、狐《きつね》か何かに化かされたわけじゃないよね……

でも、本当に不可解だ。あらためて折り紙の花を見て、いったいどうやったのだろうと興味が湧《わ》く。

折り紙のなかに、手品のタネがあるとか？

少し期待して折り紙を開いてみると、タネや仕掛けはなく、案内文のようなものが書いてあった。

星祭り特別企画

『星町発、星巡り』

一九六四年一一月九日、午後八時

参加希望者は『星町ステーション』に集合

「星町ステーション？」

この町に一七年間住んでいるけど、初耳だ。手書きの地図で示された集合場所は、町外れの丘を指している。

でも、そこにはステーションと呼べる駅はない。雑木林に囲まれた小高い丘の上に、建設中の天文台があるだけのはず。星祭りの企画のために作られた特設テントのようなものだろうか。

さらに不可解な点がある。『星巡り』と書いてあるだけで、詳細がまったく不明だ。

子どもの悪戯《いたずら》？

一瞬そう疑ったけど、難しい字を多く使った文章や丁寧な地図を見る限りでは、さっきの女の子が書いたとは思えない。

だとすると、この企画は本当にある？

『星町発、星巡り』

いったい何をするんだろう。私は想像してみる。

「……星を巡る？　星座……？」

夜空の星を見ていたら、ふっと、ひとつ頭に浮かんだ。

完成間近の天文台にひと足早く入って、天体観測できるとか？

推測というよりただの希望だけど、もしそうなら参加してみたい。

直径六四メートルという巨大な電波望遠鏡は世界でも最高クラスの性能という話で、天文台の建設が始まって以来、私は完成を待ちわびていた。

腕時計を確認すると、午後七時半を回ったところだ。

今から向かえば間に合う。

「行ってみようかな……」

ふだんの私は臆病だけど、宇宙が関われば、好奇心は人一倍強くなる。

もしあの子の悪戯《いたずら》なら、さっさと帰ればいいし。

決めると早速、私は自転車を置いた場所に小走りで向かった。

☆☆☆

星町ステーションがあるはずの丘の近くまで来た私は不審を抱き、自転車を漕《こ》ぐ足を止めた。

「本当に、ここ……？」

草むらや雑木林からは鈴虫や蟋蟀《コオロギ》の鳴き声がリンリンと鳴り響き、人の気配はない。

丘を見上げれば、木々の上に工事中の天文台がぬっと顔を出しているけれど、そこへつづく石段に灯りはない。ついでに言えば、ここに来るまで案内板のひとつも見当たらなかった。

お祭りの特別企画が始まるとは思えない状況だ。

「悪戯かな……」

木枯らしが吹き、木々がざわめく。『季節外れの肝試し』。そんな言葉が浮かんでくるほど薄暗くて寂しい。

時間を確認すると、あと一〇分で午後八時。

周囲を見回しても、誰もいない。

「こんなの、絶対悪戯でしょ……」

よく考えたら、本物の花が折り紙に変わった時点でおかしいのだ。星祭りの夜は人びとがふわふわしていて地に足が着いていないと感じたけど、一番浮ついていたのは自分かもしれない。

「変な幻を見たんだ……」

あはは。乾いた笑いがこぼれる。天文台で天体観測だとか、私はいったい何を期待していたんだろう。

「……帰ろ」

今年の星祭りはおしまい。おうちでご飯を食べよう。悪戯だとしたら、なんだか怖くなってきた。

そう思って来た道を引き返そうとしたとき、背後から近づく足音が聞こえた。

「ん……？」

振り向くと、薄闇の道を誰かが歩いてくる。暗くて顔はよく見えないけど、藍墨色《あいずみいろ》のクラシカルなロングドレスと、腰まである亜麻色《ブロンド》の髪が目を引く。

その人影は木陰で立ち止まると、私に声をかけてきた。

「『星巡り』に行くの？」

悪戯《いたずら》だと思っていたので、急にそんなことを言われるとドキッとなる。

「あの……係の人ですか？」

「いいえ。わたしは、同じクラスのアリアよ」。その女性は落ち着いた声で、欠席をつづける転校生を名乗った。

「あなたが、アリアさん……？」

そう言われれば確かに、美しい髪の色は話に聞いていたとおりだ。

え？

でも、仮にアリアさんだとしても、どうして私を知っているの？ 会ったことはないのに。

私がきょとんとなっていると、同級生を名乗る女性はふふっと微笑《ほほえ》んだ。

「あなたの顔は、学級写真で見たの」

「あっ、そ、そうなの……？」

「ええ、だから知ってるのよ、ミサ」

なぜだろう。今、彼女とは初めて話したのに、彼女の声を聞くのは初めてじゃない気がする。冷たいのに温かみのある、高くも低くもない、透きとおった声――

刹那《せつな》、私の記憶の浅い場所でパチンと星が弾《はじ》けた。

宇宙旅行の悪夢の最後に「ミサ」と呼んだ声？

いや、そんなわけないんだけど……。

とにかく、相手が誰だろうと、私は初対面が苦手で、この状況にどう対応していいのかわからず、もじもじしてしまう。

すると、アリアさんは私の方に一歩踏み出した。肩から掛けた天鵞絨《ベルベット》素材の赤いポシェットが月明かりに照らされ、もう一歩進むと、闇《やみ》に隠れていた彼女の顔が露《あら》わになった。

冴《さ》え冴えとした薄紅色《うすべにいろ》の瞳《ひとみ》。

穢《けが》れのない白い肌。

月光を浴びて輝く亜麻色の髪。

外国の映画から飛び出してきたようなその美貌《びぼう》に、私はハッと息を呑《の》む。まるで自分とは違う世界の住人だ。

同級生が吸血鬼だと噂《うわさ》した理由もわかる。見たことのある吸血鬼と髪の色こそ違うけど、醸《かも》し出される高貴さは彼女と親しいものがある。

「突然声をかけてごめんなさい。驚かせたかしら」

そう言ったアリアさんの口元に、牙《きば》――と呼ぶには控えめな八重歯がちらりと覗《のぞ》いた。もし彼女が吸血鬼なら、耳の先が尖《とが》っているはずだけど、長い髪で隠れている。気になって私が探るように見ていると、アリアさんは小首をかしげた。

「わたしの顔が気になる?」

「あっ、ごめんなさい!」

彼女の気分を害してしまったんじゃないかと反省する。きっと、いろんな人から私と同じような好奇の視線を投げられてきたのだろう。彼女の外見はあまりに美しくて、この国の人たちと全然違うから。

「あの、その……」

私が言い訳しようとして言葉に詰まっていると、アリアさんは「いいのよ、慣れてるから」と気にする素振りも見せず、柔らかな笑みを浮かべた。

「もうすぐ時間よ。急ぎましょう」

「急ぐって?」

「星町ステーションよ」

アリアさんは丘の上につづく石段に向かって歩き出した。

「待って!」

私は思わず呼び止めた。

「星巡りって、誰かの悪戯《いたずら》だと思うんだけど……」

アリアさんは振り向くと、ジッと私を見つめてくる。

「悪戯？」

彼女の薄紅色《うすべにいろ》の瞳《ひとみ》に刺し抜かれた私は、しどろもどろになる。

「だ、だって、誰もいないよ？　アリアさんは引っ越してきたばかりだから知らないのかもしれないけど、星町ステーションなんてなくって」

「あるわ」

そう言うとアリアさんは歩み寄ってきて、握手を求めるように手を伸ばしてきたかと思うと、いきなり私の手をぎゅっと握った。

あまりに突然で、頭が真っ白になる。

「え、え――」

「早くしないと間に合わないわ」

雪のように冷たい手でアリアさんは私をぐいぐい引っ張り、石段へ向かう。

「ちょ、ちょっと……！」

あまりに強引すぎて焦る。

なのに、なぜか手を振りほどく気にはならない。彼女とは初対面だというのに、しかも吸血鬼かもしれないのに、抗《あらが》う気が起こらずに従ってしまう。理由はわからないけど、ここはついていくのが正しいと本能が命じてくる。

だから、私は抗《あらが》わず、導かれるまま、石段を上がる。

木々に囲まれた石段には電燈がぽつりぽつりとある程度で、かなり暗い。ところどころ石段が割れていたり、木の根が出っ張っていたりして足元が悪く、つまずきそうになる。それなのに、アリアさんは視界良好という感じですたすたと進む。しかし私はそうはいかない。もとより運動神経が鈍いのだ。慎重に一段ずつ上がるが――

「きゃっ」

木の根に爪先《つまさき》がひっかかり、体勢を崩した。しかし、アリアさんが手を引っ張ってすぐさま引き寄せてくれたので、倒れずにすんだ。

「大丈夫?」

「うん、ありがとう……」

「ごめんなさい。ゆっくり行くわね」

アリアさんは私に合わせて、少しだけ歩を緩《ゆる》めてくれた。

暗闇《くらやみ》でも平気な彼女を見て、私はふと『吸血鬼は夜目が利く』という話を思い出した。そして、同時に『寒さに強い』という特性も。彼女のドレスは生地が薄くひらひらしていて、冬の近づく夜の格好じゃない。

もし彼女が本当に吸血鬼なら……?

再び、そんな考えが脳裏をよぎり、石段をひとつ上がるごとに鼓動が早まる。アリアさんは星町ステーションの存在を確信してる雰囲気だったけど、丘の上では何が行われるんだろうか。変な儀式だったらどうしよう……。

☆☆☆

果たして、丘の上には、何もなかった。

建築中の天文台は工事用の金網で囲まれて、周囲には建築資材や丸太が転がっているだけだ。

ここには星祭りの賑《にぎ》わいの欠片《かけら》もなく、私とアリアさん以外にはリンリンと騒がしい虫しかいない。

私は鞄《かばん》から案内文の書かれた折り紙を取り出して、アリアさんに見せる。

「地図によれば、ここが星町ステーションだけど……」

「ええ、そうね」

困惑する私とは対照的に、アリアさんは電車が来るのでも待つような感じで、ふわりと丸太に腰かけた。

「あと三分で午後八時。間に合ったわね」

「あのぉ、アリアさん……」

「アリアでいいわ。同い年の同級生なのよ」

それはそうだけど、彼女は同級生とは思えないくらい雰囲気が高貴なので、気軽に呼び捨てしづらい。でも、断るのも変なので、私は少し照れながら「アリア」と言い直し、尋ねる。

「星巡りなんて、やっぱり悪戯《いたずら》じゃないのかな」

「そうかしら？　ねえ、あなたも座ったら？」

「ここ、誰もいないよ……」

「ほかに参加する人がいないんでしょうね」

アリアは帰る気配がまったくない。

私は帰りたいんだけど、彼女をひとり残していくのは後ろめたい。それに加えて、暗い石段をひとりで降りるのは怖い。だからふたりで帰りたいのだけど、説得できそうにない。

立ったままどうしようかと迷っていると、アリアはポシェットの口を開けて、透明な小袋を取り出した。その小袋には色とりどりのクッキーが入っている。

「星祭りで手に入れたの。『惑星クッキー』」

それはその名のとおり、星々の外観を模したクッキーだ。連合王国で二年前に開催された『宇宙と化学の万国博覧会』で有名になり、私も市販品を食べたことがある。

アリアは一枚のクッキー――満月のような色形をしたものを私に差し出した。

「ムーンクッキーよ。どうぞ」

まったく、丘の上にピクニックにでも来たような調子だ。でも、にっこりと微笑《ほほえ》まれたら受け取らないわけにはいかないので、私は手に持ったままだった折り紙をスカートのポケットにしまい、「ありがとう」と受け取って、彼女の隣に腰を下ろした。

アリアは口もとに小さな八重歯を覗《のぞ》かせながら、縞模様のクッキーをおいしそうに食べる。

私も、ひと口食べる。さっくりとした歯ごたえで、バターの風味が口いっぱいに広がる。もうひと口食べると、身体《からだ》に甘みと幸福感が染み渡る。

「すっごくおいしい……」

私は感嘆の声を漏らした。

夕飯を食べてなくてお腹《なか》が減ってたので、もっと欲しいくらい。

ほかのも食べたいな……なんて邪《よこしま》な思いでチラッとアリアを見ると、彼女は食べる手をピタリと止めた。

あ、バレた……？

と私は少し焦ったけど、「時間みたいね」とアリアは言った。

「時間？」

「ほら、見て」

アリアが天を指すので、私は夜空に目を向けた。

すると、満天の星から、無数の白く小さなものがゆらゆらと降ってくる。最初は錯覚かと思ったけど、そうではない。

「あれは何……？　雪？」

「いいえ。星よ」

アリアの広げた手のひらに、ひとひらの星が舞い落ちた。

違う。

星じゃなくて、草山丹花《ペンタス》だ。

理解できない現象に私は混乱して、もう一度夜空を見上げる。

「空から降ってきたよね……」

瞬間、星々のひとつひとつが線香花火のようにパチパチッと光って弾《はじ》け、淡い粉雪のような草山丹花があたり一面に降り注ぐ。

驚くべき光景に呑《の》まれてただ呆然《ぼうぜん》としている私を花びらが包み込む。すぐに視界が覆われて、真っ白になる。

アリア――

声を出そうとしても、声が出ない。

眠りに落ちるときみたいに意識がふわふわする。視界だけじゃなくて、頭の中も真っ白になってきて、ぽーっとなる。

チリン、チリン……

夢うつつの私は、清らかな鈴の音を聞いた。

《——星町ステーション、星町ステーション》

今の柔らかな女性の声はアリアじゃなくて別の誰かで——

「ミサ、行きましょ」

薄い膜が張ったような、アリアの声も聞こえた。

チリン、チリン……

ふわりと身体《からだ》が浮く感覚。

抗《あらが》えない心地よさの中、私は発光する花々に包まれた——

〈二〉星巡りの旅

気づくと、私はふかふかの座席に腰かけていた。

「……あれ?」

ついさっきまで星町の丘にいたはずなのに、目に映る景色が全然違う。

今座っている場所は、四人掛けのボックス型座席。周りは、一九世紀の高級ホテルのような美麗な装飾。そして、柔らかな光を灯《とも》している上品な洋灯《ランプ》。

「ここは……」

既視感に襲われる。

授業中の居眠りで見た夢の、宇宙を旅する列車と同じ。

これも夢?

一瞬そう思ったけど、意識が妙にはっきりしてる。

息を吸う感覚。

座席の手触り。

どれもこれも、現実としか思えない。

「あっ、外は!?」

もし夢と同じなら、宇宙を走ってるはず。

慌てて窓に目をやるが、濃霧のような乳白色のモヤで覆われていて、景色がまったく見えない。

「え、え……」
待って、落ち着こう。
現実だったら宇宙を走るわけがない。
ひとつ大きく息を吐く。
いっしょにいたはずのアリアはいない。
腕時計を見ると、時刻は午後八時九分。
「……えっと、私は……」
おぼろげな記憶の糸をたぐる。
星祭りの夜、河川敷から『星巡り』に向かって、アリアに出会った。
午後八時前に、丘に上がって、アリアにもらったクッキーを食べた。
そして、夜空から雪のような草山丹花《ペンタス》が降ってきて、チリンと鈴の音がして。
最後に『星町ステーション』と聞こえた。
「星町ステーション……？」
チリン……
空耳じゃない。今また、どこかで鈴が鳴った。
つづいて、車内上部に据えつけられたスピーカーから、若い女性の声が流れてきた。
《――お客様にお知らせいたします》

レコードのような音質で、チリチリ、パチパチという雑音が混じる。

《当列車は星町ステーションを出発し、星巡りへと旅立ちました》

星巡り……

私は猛烈な不安感に襲われ、身を縮こまらせる。

これは夢じゃなくて、いったい――

「ミサ」

「っ!?」

真後ろからいきなり名前を呼ばれて、ドクンと心臓が跳ねた。

おそるおそる振り向くと、背もたれの上からアリアが見下ろすように覗《のぞ》き込んでいた。どうやら彼女は後ろの席にいたらしい。まだ心臓はドキドキしてるけど、ひとりぼっちじゃないとわかって、少しだけ安堵《あんど》する。

「ねえアリア、ここはどこ?」

……あなたは知ってるんじゃないの? という疑念を込めて、私はアリアを上目遣いで見つめる。

「星巡りの列車じゃないかしら」

アリアはサラッと答えた。その表情に、動揺の色はまったくない。

「そ、それは、さっきの放送でも言ってたけど……」

「待って。そちらに行くわ」と後ろの席を出てきたアリアは、四人掛けボックス型座席の私の隣――通路側の席にしとやかに座った。

「あなた、眠ってるみたいだったから起こさなかったの」とアリアは言った。

「いや、そういう問題じゃなくて……」

アリアは私の訴えなど無視して、私の顔越しに車窓を指差す。

「きれいよ」

私は促されるまま、窓へと視線を移した。

「わっ……」

景色を見た私の口から感嘆が漏れた。窓を覆っていた白いモヤはいつしか消えていて、闇《やみ》のなかで星々が煌々《こうこう》と光っている。

「ほんときれい……」と私は心を奪われかけたけど、すぐに星の見え方に違和感を覚えた。

列車にしては空が近くて、星がやけに低い位置にある。

視界を遮《さえぎ》るものがない。

「まさか……」

そんなわけないだろうと思いながらも、私は訝《いぶか》しみ、窓に顔を近づけ、下を覗き込む。

瞬間、頭がくらっとした。

遙《はる》か下方に、星町を流れる音川《おとがわ》が見えるのだ。

「……？」

私が言葉を失っているあいだにも、列車はぐんぐんと上昇していく。

「ま、待って……アリア、この列車、飛んでるっ!?」

理解の範疇《はんちゅう》を超え、私は悲鳴に近い声をあげた。

こんな状況なのに、アリアは旅行にでも出かけるような顔をしている。

「『星祭りの夜には奇跡が起きる』。そんな言い伝え、知らない？」

「知ってるけど、奇跡って!?　こんなことって!?」

「ミサ、車内では静かにね」

「だって！」

アリアは人差し指をピンと立てると、私の唇にそっと押し当ててきた。

「しー」

「――」

彼女の指先で口を封じられた。頭と心臓では小爆発が起きて、息も止まってしまう。

アリアは薄紅色《うすべにいろ》の瞳《ひとみ》を細める。

「大丈夫よ。わたしもいるから」

すると、唇に当たっているアリアの指先から、まるで魔法が放たれたようにさざなみが広がり、私の動揺や混乱をすーっと溶かしてゆく。

「わたしは星祭りの奇跡を信じているの。だから、あなたも信じて。いい？」

アリアは言い聞かせるように言った。

私がこくりと頷《うなず》くと、アリアは私の唇からそっと指を離す。

「深呼吸するといいわ。深く息を吸って……ゆっくり吐いて」

アリアに言われるがまま、私は深呼吸を繰り返す。そして、しばらくすると、ばらばらになっていた頭と心がくっついて、ようやく気持ちが落ち着いた。

「ふぅ……」

落ち着いたけど、落ち着いて乗車している場合じゃない。

私はあらためて状況を確認する。

まさか、本当に空を飛んでるわけじゃないでしょ？

特殊なプラネタリウムか何か？

そういえば、二年前に連合王国で開催された万国博覧会に、『宇宙旅行を映像で体験できる施設』があったらしい。

この星巡りも、そういうもの？

と、そこまで考えて、私は冷静になる。

そんな最先端のものが、建設中の天文台にあるはずがない。

だから、これはやっぱり夢。

そう、教室で見た宇宙旅行の夢と同じ。

同じ……

——死の星。

肌が粟立《あわだ》った。

あの夢の結末は、ひたすら最悪だった。宇宙の彼方《かなた》にたったひとりでいて、絶望の底に引きずり込まれた。

だとしたら、このまま乗りつづけてたら危険じゃないの？

どうやったら地上に戻れるの？

たしか、あの夢だと切符がなくて——

切符？

再び混乱の渦に落ちかけた私の肩を、アリアがポンと叩《たた》いた。

「どうしたのミサ。怖い顔して」

「あ、ええと、じつは今日、怖い夢を見たの……」

「どんな夢？」

隠すことでもないので、悪夢の内容をアリアに伝える。

「へぇ」とアリアは頷《うなず》き、明らかに狼狽《うろた》えている私を安心させようとしてか、静かに微笑《ほほえ》んで言った。「安心して、あなたは戻れるから」

「本当に？」

私は半信半疑で訊《たず》ねた。

「本当よ。あなた、乗車するとき朦朧《もうろう》としていたから、往復の表示を見てなかったのね」

アリアによると、運行標識板に『星町と冥王星を往復』と書いてあったらしい。しかし、そう言われても、直ちに信じるのは無理だ。

「……もし、これは目の覚めない悪夢だったり、魂だけ連れ去られたりしたら……」

私が身体《からだ》を縮こまらせていると、アリアはそっと身体を寄せて、肩をコツンとくっつけてきた。

「今日は星祭りよ。嫌なことは忘れて、星巡りを楽しみましょう」

彼女の髪から、薔薇《ばら》の甘く華やかな香りがふわりと広がり、私を包む。彼女が傍《そば》にいるだけで、なぜか怯《おび》える気持ちが薄らぐ。そして私は「うん、そうだね」と自然に頷いていた。

星巡りは、教室で見た悪夢とは違う。私ひとりじゃなくて、隣にアリアがいる。

しかし、ついさっき会ったばかりの彼女を信じてしまっている自分がよくわからない。こんな状況でも動じないので頼りになるとはいえ、もしかしたら吸血種族かもしれないのに。

でも、彼女は同級生が毛嫌いしていたような『呪われし吸血鬼』ではないと私は感じる。穏やかで気品があるのに、クッキーをおいしそうに食べたり、薔薇のように美しいのに笑顔が可《か》愛《わい》いかったりして、同級生の誰よりも接しやすい。いきなり唇に触れてきたのは驚いたけど、外国生まれ特有の距離の近さかなと思う。

そんなことを考えてると、アリアが窓の外に目を向けた。

「見て。宇宙に出たわ」

いつしか列車は大気圏を飛び出し、輝く星の海に入っていた。

「わぁ……！　地球って、本当に青いんだ……」

宇宙から地球を見たとたん、私の胸に巣くっていた恐怖も疑念も消し飛んだ。

青く透明なヴェールに覆われた惑星。

大きな弧を描いた地平線は紺《こん》から藍《あい》へと柔らかに階調を変える。

天空ではオーロラが虹色にゆらめく。

この壮麗な光景は、レフさんとイリナさんの著書に綴《つづ》られていたとおり。

写真や地図でしか見たことのなかった世界が、眼下に広がっている。

砂漠に影を落とす雲。

太陽を浴びてきらめく海。

熱帯雨林を縫って流れる大河。

積乱雲の中を飛びかう稲妻《いなずま》。

星々は地上から見るより、ずっと明るい。

神を称《たた》える聖歌が祝福するような世界。

まばたきするのも忘れるほど、心を奪われる。

列車は速度を徐々に上げていく。輝く星々が線を引いて流れる。かなり高速で走っているのだろうけれど、その速さがどのくらいか、私には見当もつかない。

知っている星座を探そうとしても、果てしない宇宙に圧倒されて頭が追いつかなくなる。

そういえば、いつから無重力は始まるんだろう？

私は窓の外に向けていた意識を、自分の身体《からだ》に向ける。

と、耳の傍《そば》に気配がした。

「ん？」

見ると、アリアは私に触れそうなほどに顔を寄せていた。

「わっ⁉」

びっくりして思わず身を引いたら、肘掛《ひじか》けに肘をしたたかにぶつけた。

「痛──ッ」

肘がじんじんしびれて悶《もだ》えていると、

「ミサ……大丈夫？」

アリアに心配そうに声をかけられた。

私は自分の耳たぶが熱くなるのを感じる。

「ち、近いんだもんっ……！」

私が痛がりながら金切り声を上げると、アリアは口を手で押さえて、くすくす笑う。

「ごめんなさい。だってあなた、窓に顔をぴったりくっつけているんだもの、気になっちゃって」

ほら、とアリアが窓を指差すので見てみると、私の吐息で白く曇っていた。なんだかもう恥ずかしくてたまらなくなり、窓の曇りを服の袖《そで》でささっと拭《ぬぐ》い取る。

「ねえミサ、宇宙を見ながらポワンとして、何を考えていたの？」

言い訳もできない。

「……宇宙なのに、無重力じゃないのかなって……？」

「無重力？」

「本に『身体《からだ》がふわふわする』って書いてあったんだよね……」と私は素直に答えた。

でも、宇宙に対する憧《あこが》れについては知られたくないので、アリアから目を逸《そ》らす。

しかしアリアは顔を寄せて、覗《のぞ》き込んでくる。

「ミサは宇宙や星が好きなの？」

「ま、まぁ……人並みに……」

バレてる上に綺麗《きれい》な瞳《ひとみ》でじーっと見つめられて、声がうわずってしまった。私の顔は相当赤くなってる気がする……。

「人並み……」とアリアは繰り返して、顎《あご》の先に人差し指をあてると、何かに納得するように何度か頷《うなず》いた。

そんなアリアを横にしていると、私の胸に不思議な感情が湧《わ》いた。まさか彼女とふたりでこんな旅に出るなんて。欠席をつづける彼女とは出会わないまま卒業するのではないかと思っていたくらいなのに。

でも、どうして彼女は学校を休んでいるのだろう？

肌が白くて細いので、身体は弱そうに見える。けれど、一一月の夜にひらひらの薄着で、丘へつづく石段をひょいと上がってクッキーもパクパク食べてるのだから、体調の問題ではない気がする。

では、精神的な問題？

私の予想どおり、同級生に嫌なことを言われたとか？

いや、アリアと話した感触では、彼女は私の一〇〇倍は物事に動じなそうで、不快な行為をされたらやり返しそうな強さがある。

なんだろうと思索にふけっていると、アリアに薄紅色《うすべにいろ》の瞳を向けられた。

「わたしの顔が気になる？」

「あっ、違う。その……アリアは、ふだんは何をしてるのかなって……？」

「何って何？」

「ええと、いつも家にいるの？　ずっとお休みしてるから心配だったんだけど……」

「わたし、昼間は出歩けないの」

アリアは真顔で答えた。

「それは……あの……」

病気なのかと訊《き》こうとしたところ――

「吸血鬼だから」とアリアは言った。

「っ!?」

短い悲鳴を上げてしまい、私は慌てて唇をぴたりとくっつける。

冷たい目をしたアリアの口から、尖《とが》った八重歯が覗《のぞ》いている。

「わたしが吸血鬼という噂《うわさ》があるわよね？　ミサ？」

心臓がドキドキ跳ねて、口を開けると飛び出そうだ。だけど無視はできないので、私は平静を装って返答する。

「うん、そう言ってる人もいるかな……」

「ミサも、そう思ってたの？」

「え……」

否定できない。実際、思ったのだから。

しかし、頷《うなず》いたら絶対に怒らせる。でも、思ってないなんて嘘《うそ》も吐《つ》けない。

どうしよう……。

私は返答に窮し、萎《しお》れた花のようにうつむき、指をもじもじさせる。

すると、アリアは肩をすくめた。

「冗談よ、吸血鬼なんて。言ってみただけ」

「……ふぇ？」

私の喉《のど》のあたりから、間の抜けた声が漏れた。

アリアは座席にもたれかかり、ため息まじりにこぼす。

「わたしは、学校へ行くために引っ越したわけじゃないの。不登校の理由はそれだけよ」

彼女の口ぶりは、どこか苛立《いらだ》ちを押し殺すような感じで、私は彼女から初めて壁を感じた。

もしかしたら、学校に来られない原因は、家庭の事情かもしれない。彼女は外国で生まれ育ったという話だけど、この国の言葉を流暢にしゃべる。そのあたりに、他人には言いにくい理由があるのかも――

などと考えていた私は、やめよう、と思った。彼女が口にしたくないなら、詮索《せんさく》しちゃいけない。私が将来の夢について追及されたくないのと同じだ。

アリアは冷めた顔つきで、しばらくのあいだつまらなそうに髪の先を指で弄《もてあそ》んでいたけど、ふっと私の方を見た。

「ひとつ訊いてもいいかしら」

「うん」

「ミサは、なぜ学校に行っているの？」

「なぜって……」

「あなたが『どうして学校に来ないの』って遠回しに訊《き》くから、訊いてみたの。どうして？」

「ええと……」

その疑問は、これまで幾度となく考えたけど、答えは出ていない。

『みんなが行くから』『休むと叱《しか》られるから』『大学に入って人生の成功を手に入れるため』昔は行きたい理由もあったけど、今はそんな消極的な考えのもとに、楽しくもないのに通ってる。

もちろん、宇宙関係の仕事に就くためには、大学に進学すべきなのは間違いない。でも、それで夢が叶う保証なんて、まったくない。

こうして後ろ向きに考えてしまうのは悪いところだと、私は自覚してる。自覚してるけど、前へ進むための自信がない。どうしたら自信が持てるのかわからない。

私が考え込んで黙っていると、アリアは「あ、わかった」と言って、人差し指を立てた。

「宇宙に関わる仕事をしたいなら、大学に行かないと不利だものね」

「えっ!?」

夢を当てられた驚きが顔に出てしまった。

私、ひとことも言ってないよね……？　まるで心が読まれたみたいで、背中にじわりと汗が滲《にじ》む。

硬直している私を、アリアは得意げな視線で射貫《いぬ》いてくる。

「あら。当たり？」

「ど、どうしてわかったの……？」

「さっき、真剣に外の景色を眺めてたし、無重力がどうのこうの言ってたから、カマをかけただけ。あなたってわかりやすいわ」

「うぅ……」

何事にも動じない鉄の心臓がほしい。

するとアリアは興味津々な顔つきで訊《たず》ねてくる。

「夢は宇宙飛行士？」

「まさか！」と私はぶんぶんと首を横に振る。「なれるわけないよ！　私、運動苦手だし」

口を突いて出てきた言葉が「運動」だったけど、すべての分野において、何もかもが足りない。

「それなら地上で何かする人？」とアリアは追及の姿勢を崩さない。

「んん……」

わずかでも可能性があるとしたら、発射基地の技術職員や、宇宙に関連する機器の開発者だと思ってる。

でも。

「私、理数系の科目が得意じゃないしね……」

この国の宇宙開発を主導するのは、国内で最もレベルの高い大学や国家機関などだ。天才や秀才に混じって私が働く未来など想像すらできない。

けれど、アリアはそんなことは知らない感じで。

「入試まで、まだ一年以上あるでしょ？」

「そうだけど、無理だよ」

「どうして？　星町女学院って、それなりの高校でしょ」

無邪気《むじゃき》に訊《き》いてくるので困ってしまう。それなりの高校では無理なのだ。

私は苦笑混じりに言い訳をする。

「あのね、私、学年でも平均くらいの順位だし、超一流の大学なんて、一年がんばったところで入れるわけないの。浪人なんて親が許してくれるわけないし――」

「それなら、さっさとあきらめたら？」とアリアは言った。

「え……？」

聞き間違いかと思ったけど、薄紅色《うすべにいろ》の瞳《ひとみ》の少女は容赦なく、口元から覗《のぞ》く八重歯で私の心に嚙《か》みついてくる。

「叶わないと思ってる夢なんて、さっさと捨てれば楽になれるのに」

ズキンとお腹《なか》を殴られたみたいな重い痛みが走る。

私は唇を噛み、膝《ひざ》の上で拳《こぶし》をぎゅっと握る。

ひどい……。

でも、彼女の意見は正論で、返す言葉がない。

捨てれば悩まなくてすむ。

そのとおりだけど、でも、捨てられない。

だから悩んでいるのに……

でも、どうして。

どうしてアリアは、ひどいことを言うの。

今日会ったばかりなのに。

何も知らないくせに。

そう思っても、やっぱり私は言い返せない。

「……」

悔しくて、だんだん哀《かな》しくなってきて、瞳がじわりと潤んでしまった。彼女に涙を見られたくなくて、窓の外を見るふりをして顔を逸《そ》らす。

するとアリアは平坦な口調で話しかけてくる。

「ごめんなさい。傷ついたかしら」

「べつに……」

不機嫌な感じで突き放したいのに、消え入りそうな声しか出ない。

それでもアリアは無情に告げてくる。

「率直な意見よ。あなたの言い方だと、望みはなさそうだしね」

言い争いは苦手だけど、もう我慢の限界だ。

「あ、あのさ！　傷つくって思うなら……どうして、ひどい言い方をするの⁉」

震える声で訴えると、アリアは首をひねった。

「それなら『ミサがんばれ！　がんばればなんとかなるよ！』って励まされたかった？」

「……え？」

「『あなたの夢は叶うよ。応援してる！』って背中を押してほしかったの？」

喉《のど》の奥が締めつけられた。

もし初対面の彼女にそんなことを言われたら、うれしいどころか、逆に無責任だと感じたはず。

私のことなんて、何も知らないくせにって。

上っ面で応援されるか、または、ばっさりと斬《き》られるか。

そんなのどっちがいいって——

「……」

どっちもイヤだよ。

そう。

こうなるから、誰にも言いたくなかったのに。

宇宙への想いは心の奥に閉じ込めて、触れられないようにしておくべきだった。ときどき、ちくちくと痛むけど、それでいい。

でも、アリアには知られてしまった。

このまま隣に座って、ふたりで星巡りをつづけるの？

すごく気まずい。

お手洗いに行くふりをして、席を立とうか。

ううん、それは逃げてるみたいでイヤだな……

私が重いため息を吐《つ》くと、アリアも同じようにため息を吐いた。

「あのね、ミサ。もしあなたが『勉強をがんばる』と言っていたら、わたしは応援したわ。もし『じゃあ夢を捨てる』と言ったら、『捨てましょう』と同意した」

「それって……私の意見を肯定してるだけじゃないの？」

「そうよ。だって、わたしはあなたのことを知らないからね」

アリアは柔和に微笑《ほほえ》むと席を立ち、私の正面の座席に移った。そして、私の存在など忘れたかのように車窓を眺める。

隣が空席になると、私は急に心細くなった。

どうしてアリアはあっちに座っちゃったんだろう。座席はゆったりしてるし、窮屈じゃなかったはず。私がため息吐《つ》いたからかな。それとも窓際がよかったのかな……。

いろいろ気にしているうちに、彼女に言われた「夢を捨てたら」という言葉が、再び私のなかで鎌首をもたげた。私がずっと目を逸《そ》らしてきた「捨てる」という選択で、彼女に図星を衝かれた。

宇宙への想いは捨てられない。

でも、夢なのに、夢にしたくない。

それはきっと、怖いから。

失うことや、絶望することを避けたいから。

夢は見てるだけでいいの。

だって。

現実は上手《うま》くいかないから。

「――ミサ、外を見て」

アリアに声をかけられて、私はふっと窓に目をやった。

「あっ……！」

それが目に飛び込んできた瞬間、心がぐわんと揺れた。

月だ。

闇《やみ》のなかに、大きな月が浮かんでる。

星町から見る美しい月とはまったく違う。でこぼこした荒々しい地表を見ていると、意味がわからないほど胸がいっぱいになる。

あそこは、地球の大国が競って着陸を目指す場所。

宇宙開発に携わる者たちの夢。

太古の昔からの神話の舞台。

その地が今、手が届きそうなほど近くにある。

私が月に魅入られていると――

「虹の入り江……」

アリアがぽつりと言った。

私は話しかけられたのかと思って、アリアに目を向けた。

「夢の湖……眠りの沼……」

彼女は私の方など見ていなくて、薄紅色《うすべにいろ》の瞳《ひとみ》で月を捉えて、まるで古《いにしえ》の歌を詠唱しているように囁《ささや》く。

「嵐の大洋……蒸気の海……」

彼女の囁《ささや》きは真摯《しんし》な祈りにも感じられて、私はただ、彼女の紡ぐ月の詩に耳をかたむける。

チリン……

鈴の音が響いた。

《——お客様にお知らせいたします。当列車は月を通過します》

車内放送に詩を遮《さえぎ》られたアリアは亜麻色《ブロンド》の髪を手で払うと、どこか思わせぶりな目つきで私に言う。

「あなたは知ってるかしら。『吸血鬼は月の民』という伝承」

「うん。子どもの頃に絵本で読んだ」

共和国近隣で古くから伝わる物語で、吸血鬼は月の裏に住んでいたのだという。

小学生の頃は信じて、「月にいるうさぎが血を吸われちゃう」と怖くて泣いたものだけど、今はもちろん創作だと思ってる。吸血種族は人間とほぼ変わらない身体構造なので、大気のない月に住めるはずがない。そして当然うさぎもいない。

「その伝承が、どうかしたの……？」と私は訊《き》いた。

アリアはかすかに瞳《ひとみ》を揺らして答える。

「『吸血鬼は月の民だから、地球では虐《しいた》げられてきた』……この話知ってる？」

「うん、イリナさんが講演会で言ってた……」

あのときのイリナさんは赤くて綺麗《きれい》な瞳を揺らしていて、憤《いきどお》りと哀《かな》しみが混じったような顔をしていたのを私は覚えてる。

「だからわたしは、イリナさんが月面に着陸する未来を祈るわ」

そう言ったアリアは瞳を閉じると胸に手を当てて、

「ミサは、月に何を祈るの？」

と、静かな声で私に問いかけてきた。

「何を……」

「ひとつだけ祈るとしたら何？　目を閉じて考えてみて」

言われるがまま私は目を閉じて、祈りの内容を考える。しかし、いろいろな想いが頭を駆け巡り、決めきれない。

私はもう一度月を見ようと、目を開けた。

「あっ……」

ついさっきまで近くにあった月は、いつのまにか野球のボールくらいの大きさになっていた。

どんどん離れていく。

もう手が届かなくなってしまう。

待って。

まだ祈ってない。

チリン……

《――進路を火星に設定します》

私は祈ることができないまま、月は闇《やみ》に紛れて消えていった。

〈四〉戦乱の大地

星町を出てから、どれだけ時間が経ったのだろう。

腕時計を見ると、時計の針は午後八時九分で止まったまま動かない。壊れたのか、それとも電池切れなのか、私にはわからない。時間の感覚が失われていて、一秒も経っていない気もすれば、何年も経ったようにも感じる。

月も地球も、どこかに消えてしまった。

星巡りの旅は、どこまでつづくんだろう。

知らないうちにこの列車に乗り込んでしまったときは狼狽《うろた》えたけど、安穏としているアリアと話すうちに、恐怖は小さくなった。重く沈んでいた心は、星々の穢《けが》れなき光に浄化されたのか、少しだけ軽くなった気がする。

もちろん、宇宙旅行なんて非現実的だとわかっているし、これは夢だという思いが強い。けれど、夢なら夢で、うんざりする日常は忘れて、星巡りを満喫したい。

そう思えるくらいには、この不可思議な状況に慣れてきていた。

ところで、この旅にどれだけの人が参加しているのか、私には皆目見当がつかない。目の前で頰杖《ほおづえ》をついているアリア以外には乗客を見ていない。隣の車両に行こうとしても連結部の扉には鍵《かぎ》がかかっていたので、この列車が何両編成なのかすら不明だ。そういうことを気にしていたら、アリアには「ふたりでもいいんじゃないの」と言われた。

そう、アリアとふたり旅だ。

私ひとりだったら例の悪夢を思い出して、怖くてしくしく泣いていたに違いない。でも、彼女が悠然としているので心強い。

彼女はときどき意地悪で、ドキッとさせてくるけど、同級生や塾の生徒よりも遥かに居心地がよくて、沈黙がつづいても息苦しさは感じない。地球上ではひた隠していた夢を彼女に明かせたおかげか、宇宙の旅をしていても気が楽になった。

チリン……

「あっ」

鈴の音に反応して、私は条件反射的に声をあげた。この音を聞くたびに胸がときめく。まるで餌を待ちわびる犬みたいで、我ながらおかしく思う。

《——現在、当列車は火星に向かって順調に走行中です》

月のつぎは火星。

望遠鏡で眺めるだけだった惑星が直接見られる。

いったいどんな景色なんだろう？

窓に額をくっつけたい衝動に駆られるけど、絶対にアリアにからかわれる。だから気持ちを抑えて、「ふうん、火星かぁ……」と興味なさそうにつぶやいた。

「どうしたのミサ。にやにやして」とアリアは言った。

じっとりとした目つきで彼女に見られていた。私は慌てて頬をきゅっと引き締める。

った。


「べつに……にやにやしてないよ?」

「いいえ。お菓子を差し出された子どもみたいだったわ」

「そんなに……?」

やっぱり私は餌を待ちわびる犬だった。恥ずかしくてモゴモゴすると、アリアはクスッと笑った。

「ミサは今、何を考えていたの？　だいたいわかるけど」

隠しても当てられそうなので、私は素直に教える。

「火星が楽しみなの。誰よりも早く、この目で直接見られるんだから」

共和国と連合王国という二大国による宇宙開発競争は、有人月面着陸だけじゃなくて、惑星探査の分野でも激しく争われている。

その最初の目標が火星だ。

もしかしたら生物がいるかもしれないっていう話があって、私は発見されるのを期待してわくわくしている（地球侵略を企む火星人はイヤだけど）。

二年前の一九六二年には、共和国の探査機が火星に向けて打ち上げられた。でも、道半ばで信号が途絶えて、残念ながら観測は失敗。連合王国も開発を進めてるけど、一九六四年一一月現在、成功例はない。

これまでの宇宙開発は共和国が常に先行してきたから、惑星探査も同様に、共和国が勝つと世間では思われてる。

「ミサはどちらの国に勝ってほしいの？」とアリアは言った。

「うーん……難しいな」

アリアに訊《き》かれて、悩んでしまった。各国の発表に胸を躍らせる一方、勝敗については深く考えたことはない。

「もし共和国が勝ったとしたら……大事な成果をいろいろ隠しそうなのはイヤかも」

共和国は徹底した秘密主義を貫いていて、開発過程や宇宙飛行士候補生の名前など、多くを秘匿《ひとく》している。『史上初の有人軌道飛行』を達成したロケットですら非公開。「宇宙開発は軍事開発と技術的に密接だから隠さねばならない」という言い分はわかるけど、秘密ばかりでつまらない。嘘《うそ》もたくさんあるって噂《うわさ》だ。

「結果を隠さない連合王国にがんばってほしいかも」と私は言ったけど、「あっ」とすぐに思い直す。

「共和国のレフさんとイリナさんは素敵だったしなぁ……」

講演会でふたりの話を聞いて、私は宇宙の虜《とりこ》になった。握手をするとき、緊張してガチガチの私に対して、ふたりは笑顔で優しく接してくれた。世界的な英雄なのに、私みたいな田舎の小娘と同じ目線で話してくれた。ほんの短い時間だったのに、ふたりが大好きになってしまった。（レフさんと握手したあと心臓のドキドキが止まらなくなって、身体《からだ》が熱くなって、身の程知らずだけど、レフさんが私の初恋かもしれないと思ってる。これはアリアには絶対に教えないけど)。

だから私は、ふたりを応援したい気持ちが強い。けど、共和国が勝ったら、国家の方針で月の秘密を隠されてしまいそうだ。

どちらに勝ってほしいか、選べない。

それなら――

「両方が勝者になる共同開発がいいかな」

共同開発については、連合王国で開催された万国博覧会をきっかけに二国が協力しあう話も出たようだけど、具体的には何も進んでないらしいと科学雑誌で読んだ。

「なるほどね」とアリアは軽く頷《うなず》いた。「じゃあ、もし共和国に『星町』があるとしたら、どうかしら？」

「星町が？　どういうこと？」

「共和国にある宇宙開発専門の閉鎖都市『ライカ44』は、通称『星の街』なのよ」

「そんな町があるの!?」

ん？

アリアの話にびっくりしたものの、疑問がよぎる。

私の知る限りでは、共和国内の町の名前は秘密主義によって隠されていて、一般人は知る術がないはず。レフさんとイリナさんの本でも、町名はおろか、所在地すら特定できない書かれ方だった。

なのに、どうしてアリアは知っているのだろう？

「ねえ、その町って公表されてたっけ？」と私は訊《たず》ねた。

追及されたアリアは涼しい顔で答える。

「いいえ。だから、あなたに教えたのは……秘密よ」

「秘密って――」

するとアリアは人差し指を唇に当てて「シーッ」と声を潜める。

「静かに。〈運送屋〉が来てしまうわ」

アリアは真剣そうに振る舞ってるけど、口元がちょっとにやにやしてる。また冗談だろう。

〈運送屋〉は共和国の秘密警察の別名。邪魔者を強制労働所に運んでいくので、そう呼ばれてる。そんな怖い組織が、私と彼女を監視してるわけがない。しかもここは宇宙だ。

でも、ふつうは知り得ない非公開の情報を持ってるなんて、もしかしてアリアは共和国連邦の出身なのかな？『異国生まれ』とは聞いてたけど、まさか。

探ってみよう。

「アリアって共和国から引っ越してきたの？」

尋ねると、アリアは自分の唇に当てていた人差し指を離し、私の唇にぴたりと押し当ててきた。

「っ!?」

「それも秘密」

薄紅色《うすべにいろ》の瞳《ひとみ》でキッと射られた私はこくこくと頷《うなず》く。

アリアは真顔で私に告げる。

「秘密を知ると、わたしだけじゃなくて、あなたまで〈運送屋〉に拉致《らち》されてしまうわ。だから、この話はおしまい」

そう言うと、彼女はようやく私の唇から指を離した。

「はぁ……」。解放された私は大きく息を吐いた。

油断するとすぐにからかわれる。

もしかしたら、さっきの閉鎖都市の話だって嘘《うそ》かもしれない。『星の街』や『ライカ44』なんて存在しなくて、全部彼女の作り話。

そうなんでしょ、アリア?

私は彼女に疑いの目をジーッと向ける。

すると、アリアは綺麗《きれい》な瞳をまん丸くして、小首をかしげる。

「どうしたの?」

星が瞬《またた》くようにきらきらしている彼女の瞳に吸い込まれそうになって、追及する気が失せた。

「ううん。何でもない。秘密にするね」

「そうよ、わたしとあなただけの秘密」とクスッとアリアは目を細めた。

べつに作り話でからかわれてたとしても全然イヤな気分じゃないし、いいや。何より、疑ったことで彼女を不快にさせてしまったら最悪だもの。せっかくふつうに話せるようになったんだから、彼女に嫌われたくない。

誰かを怒らせるのは、もうたくさん。

私の心の奥から苦い思い出が顔を覗《のぞ》かせて、胸がちくりと痛んだ。忘れたいのに忘れられないあの日のことが浮かんできて、暗い気持ちに包まれそうになったとき――

チリン……

鈴の音が、私の思考を断った。

《――当列車はまもなく火星に接近します》

そうだ、いよいよ火星だ。

旅を楽しもうと思ったのに、すぐに悲観的になっちゃうな……。

私は気持ちを切り替えるべく、人類が直接触れたことのない火星に対する緊張を覚えながら、窓の向こうに目をやった。

「……あれ？」

近づいてくる惑星は、私の知ってる火星じゃない。火星は地表が赤いはずなのに、真っ白なのだ。

「色が違うよね？」

私が疑問をつぶやくと、アリアは訳知り顔で言う。

「火星は太古の昔から『不吉な星』とされてきたの」

「不吉……？」

《――お客様にご案内いたします。火星を東西に横切る『巨大な峡谷』にご注目ください》

と会話を遮《さえぎ》るように車内放送が流れた。

私は白い火星に困惑しながら、何千キロにも及ぶであろう峡谷に目を向ける。

大地の裂け目にはいくつもの谷が点在し、端の方は入り組んでいて迷路のよう。生命を感じさせない荒涼とした白い大地をしばらく眺めていると、峡谷の底で赤い影が動いた。

「……何かいる？」

目を凝らしたとたん、にゅるり、にゅるりと――赤い影が谷から這《は》い出てきた。果たしてそれは、蛇のように細長い、見たこともない巨大な生き物だった。

「ひっ」

あまりにも不気味で、私の口から悲鳴が漏れた。特撮映画で見るような作り物ではなく、動きもツヤも生々しい。

唖然《あぜん》となっている私の目の前で、赤い生き物はみるみるうちに増えていく。大地の裂け目が赤色に満ちる。それらがぐねぐねと脈打つさまは、惑星の血管が剝《む》き出しで見えているようで、私の心は恐怖に支配された。

「あ……あれ……」

アリアに問いたくても言葉にならず、私は目で訴える。

（あれは何、本当に火星なの⁉）

（火星の生命体って、まさかあれのこと⁉）

するとアリアは表情ひとつ変えず、大地から突き出た巨大な火山を指した。

「ミサ、火口を見て」

言われるがまま見ると、溶岩の如《ごと》く、赤い生き物がにゅるにゅると溢《あふ》れてきた。悪寒《おかん》が走り、全身に鳥肌が立つ。地球では見たこともない光景で、本当に気持ち悪くて目を逸《そ》らしたくなる。でも、見逃したくないという欲求が勝り、私は手で顔を覆いつつも観察をつづける。

大地の裂け目と火口から現れた無数の生き物たちは、互いが互いの群れに合流でもするかのように進む。

そして、双方が交わったとき、凄絶な殺し合いが始まった。

嚙《か》みつき、表皮が破れ、血煙が舞う。

列車は火星を周遊し、各地で起きている殺戮《さつりく》を見せる。

おびただしい量の血が流れ、地表の白砂は赤く染まっていく。

地獄絵図だ。

背筋を恐怖が這《は》い上がり、吐き気が突き上げる。私はいよいよ耐えられなくなり、目を閉じた。すると私の耳の奥で、生き物の悲鳴や絶叫が響く。

遠くにある火星から列車の中まで届くはずのないのに、何!?

脳をかき混ぜるような幻聴に襲われて、脂汗が額に滲《にじ》み出てくる。

こんなの、火星じゃない。

この星巡りは、本物の宇宙旅行じゃない。

夢か幻に違いない。

「もう、やめてよ!」

私がいくら嘆いても、火星の状況は変わらない。

白かった大地は赤い生き物の亡骸で埋まっていく。火山が噴火して、真っ赤な溶岩が地表へ流れ出た。亡骸が燃える。不規則な形の石ができあがる。大地の裂け目はより深く、広くなる。

何十億年も早回しするような空恐ろしい情景を、私は放心して眺めていた。

☆☆☆

不気味な生き物が死滅すると、火星は世界は静寂を取り戻した。宇宙の闇《やみ》には、赤い惑星が浮かんでいる。白かった惑星は、ようやく私の知っている火星になった。

そして、幻聴から解放された私は、下着が湿るほどに全身が汗でぐっしょりと濡《ぬ》れていることに気づいた。私は身体《からだ》を丸めて、膝《ひざ》の上でぎゅっとスカートを握りしめたまま、身動きできずにいる。

チリン……チリン……

血まみれの凄惨さとは正反対の、清らかな鈴の音が鳴り響いた。

《――火星の赤い輝きは『戦乱の炎や流血』を想起させます。それが『不吉な星』と呼ばれる理由です》

車内放送は博物館の展示品を説明するような調子で、淡々と語る。

《火星の衛星は『不安《ポボス》』、『恐怖《デイモス》』と名づけられています》

不安と恐怖……まさに今の私。頭や心がこんなにも衝撃を受けてるのは、私が抱いていた「宇宙は綺麗《きれい》で美しい」という幻想を壊されたから。

一方で、アリアはまるでスポーツでも観戦していたみたいに「なかなか刺激的だったわね」と私に話しかけてきた。でも、私は顔が強張《こわば》って、身体も凍りついていて、何も反応できない。

「大丈夫?」とアリアは私を見つめて、私の背中にそっと手を置いた。汗で濡れた下着が肌にぺとりとくっつき、ひやっとする。

「もう終わったから平気よ」

アリアは私の背中を優しくさすってくれる。すると、じわりと、凍っていた身体《からだ》に血が巡り始めるのを私は感じた。

アリアは私の背中を撫《な》でながら言う。

「気分悪そうだけど、平気？」

「うん……」

かすれる声で、私は答える。

「ところで、さっきの変な生き物は、何……？」

「星巡りの見世物でしょう」

「み、見世物……？」

また私が硬直すると、アリアに心配そうな顔をされた。

「あなた、汗びっしょりで顔が青白いけど、本当に大丈夫なの？」

「ん、だいじょうぶ……ちょっと貧血っぽいだけ……！」と私は元気なふりをしてみたけど、声がカスカスになった。

アリアはお見通しという感じでふっと微笑《ほほえ》む。

「あなたには刺激が強かったみたいね」

「ああいう残酷なのは苦手なの……」と私は正直に認めた。

「苦手なのにがんばって見るから固まっちゃうのよ」

「それは、見ないともったいない気がして……」

私はヘヘッと苦笑して誤魔化《ごまか》す。

「ミサって、肝試しやお化け屋敷も苦手でしょう？」

「うん……気持ち悪いのや怖いのは基本的に全部ダメ」

「じゃあ吸血鬼も？」

アリアは私の背中を撫でていた手を首筋に持ってくると、妖艶な笑みを浮かべて八重歯を覗《のぞ》かせ、薄紅色《うすべにいろ》の双眸《そうぼう》で私の瞳《ひとみ》を覗き込んでくる。

「首筋、嚙《か》んでもいいかしら？」

ドキッとしたけど、これまでさんざん脅かされてきたので、もう引っかからない。

「ま、また脅かそうとしてっ……！　吸血鬼は人間を嚙まないんだから」

私がむっとして口を尖《とが》らせると、アリアは苦笑いを浮かべて私の首筋から手を離した。

「よかった、元気になったわね」

「まったく……」と私はわざとらしくため息を吐《つ》いた。

ようやく彼女のペースが摑《つか》めてきた。

でも、彼女の人間離れした美貌《びぼう》にはいまだに慣れない。ついさっきドキッとしたのは、吸血鬼という脅しに加えて、あまりにも綺麗《きれい》だったからだ。

瞳《ひとみ》の色は、火星の不吉な赤とは違い、清く透きとおっている。亜麻色《ブロンド》の髪も、長いまつげも繊細《せんさい》に作られた人形のようで、きめの細かい肌には曇りのひとつもない。顔だけじゃなくて、指や爪《つめ》の形、それに仕草まで、すべてが世俗に穢《けが》されていないように幽遠で美しい。

高校の同級生たちが彼女を「吸血鬼」と蔑《さげす》むのには、間違いなく妬《ねた》みの感情も入っているはず。だって私自身、彼女の容姿を羨《うらや》ましく思うから。彼女みたいな外見を持って生まれたら、きっと私だって自分に自信が持てただろう。

いや、でも、妬まれるのはイヤだし、羨望《せんぼう》の眼差《まなざ》しで見られるのは、それはそれで大変かもしれない。そういえば、昔、そんな話をした記憶がある。可愛《かわい》いと周りから言われると、可愛く振る舞わないといけない気持ちになるとか――

「ミサ、何？」とアリアは言った。ちらちらと彼女を見ていたら、訝《いぶか》しげな視線を向けられてしまった。

「ううん……もう変な冗談はやめてよね」

「ええ、ごめんなさい」

彼女に見つめられると、なんだかどぎまぎしてしまい、私は目を逸《そ》らした。

すると。

「――でも、大半は真実だけど」

彼女が嘯《うそぶ》く声が耳に届いた。

だから、もう騙《だま》されないってば。

《――お客様へお知らせいたします。当列車はこれより木星に進路を取ります》

列車は速度を上げ、星は後ろに流れてゆく。

アリアは小さくなっていく火星を物憂げに見ながら言う。

「もしかしたら、地球も色が変わっていたかもしれないわね」

「火山とか、そういうこと？」と私は言った。

「いいえ。おととし、核戦争が起きていたら、どうなっていたかしら」

私の脳裏に恐ろしい記憶が蘇《よみがえ》り、胸に重苦しい空気が充満する。アリアに言われるまで、核戦争の危機などすっかり忘れていた。

一九六二年五月、連合王国と共和国の関係が悪化し、世界は破滅寸前になった。当時、私は中学三年生で、世界情勢なんてよくわからなかったけど、大人たちが「核ミサイルが落ちてくるぞ！」「食糧を買いだめしろ！」「人類は滅亡する！」としきりに叫んでいて、とにかく生きた心地がしなかった。この国は連合王国側だから、「共和国が攻めてくる！」と騒ぐ人もいた。

でも、世界は終わらなかった。

連合王国の女王様が万国博覧会で平和を強く訴えて、両国間での話し合いが成功し、危機は回避された。

「私、あのときはただひたすら『死にたくない』って祈ってたな……」

危機の前までは、両親も勉強も面倒で、『地球なんか爆発すればいい!』と何度も思った。ところが、そんな考えは危機を肌で感じた瞬間、消し飛んだ。神様どうか助けてください、と必死で祈った。

あの恐ろしい日々から二年半が経った。

共和国と連合王国は歩み寄りを進めて、関係は改善している。代理戦争の場になってしまった地域もあるものの、両国は直接戦争をしていない。

思えば、「生きたい」と強く願ったのは、破滅の危機が叫ばれていた頃だけだ。危機が薄れていくほど、生への切実な想いも風化していった。例の『死の星』の悪夢では死んでもいいと思っていたほどに。

そんなことを私がぼんやりと考えていると、

「戦争じゃなくたって、いつ死ぬかわからないわ」とアリアは静かに言った。

「あっ……」

彼女の言葉に、私は胸を突かれた。

「どうしたの?」

「えっと……」

言おうか少し迷ったけど、隠す内容でもない。

「今、アリアが言ったのと同じようなことを、幼なじみから聞いたなって」

「幼なじみ？」

「その子……カレンっていうんだけどね」

私はひと呼吸して、カレンとの思い出をアリアに伝える。あれは、核戦争の勃発が騒がれていた春のことだった。


私はカレンに連れられて、中学校の校舎の屋上に上がった。放課後の屋上はふたりっきりで、錆びた鉄柵《てつさく》にもたれかかって、青空の彼方《かなた》を眺めながら話をした。

この国を挟んで、東と西で戦争が始まるかもしれない、怖いね、地球が壊れるかもしれないらしいよ、どうする、世界の最後が来たら、私はカレンといっしょにいる、わたしもミサといる、約束よ――

背の低い私はカレンを見上げる形になって、太陽が少し眩《まぶ》しかった。若葉の香りを含んだ爽《さわ》やかな春風に吹かれていると、彼女は長い黒髪をなびかせながら、大きな瞳《ひとみ》を潤ませて言った。

「核ミサイルには、宇宙ロケットの技術が使われてるんだって。そんなの、悲しいよ……」

カレンは私よりも遥かに宇宙を愛していた。

宇宙の時代が始まった一九五七年、史上初の人工衛星『パールスヌイI号』が打ち上げられたとき、私たちは小学生だった。そして、カレンはパールスヌイ・ショックを受けて、宇宙熱に冒された。レフさんとイリナさんが星町で講演会を開くと決まったときはひっくり返るほど狂喜乱舞して、彼らの国の言葉で書いた手紙を渡していた。そんな彼女だったから、世界を破壊する核兵器にロケットが使われることをひどく悲しんでた。「ロケットは夢を運ぶもの」という、レフさんが私たちに教えてくれた言葉をカレンは呪文のように繰り返していた。

そして、しばらくすると危機は過ぎ去り、共和国と連合王国での共同開発を肯定する話も出てきて、カレンは心底ホッとしていた。

それからしばらくして、学校からの帰り道、音川《おとがわ》沿いの桜並木で、私とカレンは死んだ小鳥を見つけた。巣から落ちたのか、猫にやられたのか、死因はわからなかった。

「埋めてあげようよ」というカレンの提案で、音川の土手に埋葬することにした。そのとき、彼女は土を掘りながらこう言った。

「あたしたち、核戦争では死ななかったけど、いつ死ぬかわかんないよね。車に轢《ひ》かれたり、病気になったり、地震とか火事とかもある。そういうの考えると、ふつうの毎日が大切に思えてくる」

そして、カレンは夕空に輝く三日月に手を伸ばした。

「月面着陸に向けて、毎日少しずつ近づいてるんだよね。……でも、欲を言うなら、あたしが大人になるまで待って。毎日もっとがんばるから」

カレンは連合王国の宇宙開発機関『ＡＮＳＡ』に入って開発に携わるという壮大な目標を持

って、レフさんたちに渡した手紙に『敵同士になってしまったらごめんなさい。だって、共和国には入れないからしょうがないんです』と書いたと聞いたとき、私はひっくり返りそうになった。だから共同開発の話でホッとしたんだろう。

私もパールスヌイ・ショックを受けたひとりだけど、当初は夢にするほどではなかった。ところが、カレンに宇宙熱をうつされて、中学に入る前から科学雑誌や空想小説を読み始め、講演会を機に高熱を発症し、宇宙に関する職業に就くという夢を見始めた。

夢についての話をしたのは、これまでカレンただひとりだった。

しかし、彼女のことを考えると気持ちが沈んでしまう。あの夜の出来事を思い出すと、胸がズキンと痛み、目が潤んでしまう。

この痛みをアリアに悟られたくなくて、私は無理やり笑顔を作る。溢《あふ》れそうになる感情を抑えて、できるだけ明るい声を出す。

「カレンは中学を卒業すると、家族で遠くへ引っ越したんだ。だから、もうずっと連絡も取ってないんだけどね！」

「へぇ、そうなの」

アリアは拍子《ひょうし》抜けするほどあっさりとした反応で、それ以上話を広げることもなく、窓の外に視線を向けた。

私の強がる演技が下手《へた》すぎて、また呆《あき》れられたんだろう。もちろん、突っ込まれたくない話なので、その方が助かるけど。

会話が途切れて手持ち無沙汰《ぶさた》になり、私も車窓を眺める。

暗闇《くらやみ》の果てに、星々がちかちかと瞬《またた》いている。

宇宙を走る列車はとても静かだ。

目を閉じて耳を澄ますと、トクン、トクンと自分の鼓動が聞こえてくる。

その心音に、私は生を感じた。

核戦争の危機以来の生を。

〈五〉略奪の神

《──火星を過ぎた頃から、生命の生存には適さない領域に入っていきます》

私はアリアとふたりきりの星巡りをつづけている。つぎの目的地は木星。超巨大な未知の惑星だ。

でも、今は木星に気が向かない。

だって、頭につぎつぎとカレンとの思い出が浮かんでくるから。ずっと誰にも話していなかった彼女のことをアリアに話したせいで、身体《からだ》の内側に押し込めていた感情の蓋《ふた》が開いてしまった。

カレンとの数々の思い出は、懐かしさよりもつらさの方が上回るので、なるべく頭から追い払いたい。だから、星の海を眺めて星座を探して、彼女以外のことを考えようと努める。

《──現在、当列車は小惑星帯を通過しています》

窓の向こうでは大小さまざまな岩石が浮遊し、車内放送がそれらの解説をしている。

《──あちらに見えるのは、一九〇四年に発見された五三〇番目の小惑星で、古い歌劇《オペラ》にちなんで命名されました。小惑星の総数は数百万個と推定され、太陽系の初期から衝突を繰り返してきました》

直後、小さな岩石同士が衝突した。破片が四方八方へ激しく飛び散る。

もし、岩石が列車にぶつかったらどうなるんだろう。ただでは済まないんじゃないの？

私は不安になり、対面に座っているアリアに訊《たず》ねる。

「この列車は安全だよね？」

「そんなの、わたしにはわからないわ」と肩をすくめたアリアは、悪いことを思いついたみたいにニヤリとして、窓をコンコンと叩《たた》いた。

「ミサに問題。窓に岩石が衝突したら、どうなるでしょう？」

「どうなるって……」

悪い想像しかできず、返答に困っていると、アリアは楽しげに言う。

「窓が割れて、わたしたちは宇宙に投げ出されて……」

私はぞっとして腰を浮かせた。

「や、やめてよ……！」

「それより、お腹《なか》が空かない？」

アリアはのんきに言った。

私は呆《あき》れて返す。

「確かに、お腹は空いてるけど、今、危険な岩石群の中にいるんだよ……」

「でもわたしたちには列車を守る力なんてないんだから、運命に身を任せましょ。ぶつかったらぶつかったよ」

「ぶつかったじゃすまないでしょ……」

狼狽《うろた》える私をよそに、アリアはポシェットから惑星クッキーの入った袋を取り出すと、赤茶色のクッキーを私の顔に突きつけてくる。

「ミサは血まみれの火星が好き?」

不気味なにょろにょろの生き物が私の脳裏をよぎり、ぶるりと身が震える。

「そういうのやめてってば……!」

私がわざとらしく眉間《みけん》にシワを寄せると、アリアはフフッと悪戯《いたずら》に笑う。

「じゃ、わたしが血まみれを食べるわ。あなたは木星を召し上がれ」

アリアは火星クッキーの代わりに、橙色《だいだいいろ》の縞模様がきれいな木星クッキーを私に差し出した。それは巨大で、私の握りこぶしほどもある。

受け取ると、ほのかに柑橘《かんきつ》系の香りがして、食欲をそそられる。

ただ、星町の丘でムーンクッキーを食べたときの超自然的な現象を思い出すと、警戒してしまう。あのとき、ひとくちかじると急に頭がふわふわして、星が降ってきて、気づいたらこの列車に乗っていた。

もしここで、また変な現象が起きたらどうしよう……。

木星クッキーと対峙《たいじ》する私の前で、アリアは火星クッキーをサクッとかじる。

「あぁ、血の味がする」

「血っ!?」

「ほら」とアリアは私の口に火星クッキーを押し当ててきた。

「いっ!?」

思わず顔を逸《そ》らしたけど、私の鼻先には甘い苺《いちご》の残り香が漂う。

また騙《だま》された……。

「アリア、苺味でしょ」

私に指摘されたアリアはびっくりしたふうに目を丸くした。

「へぇ、人間は、血の味を苺だと感じるのね……」

「アーリーアー……」

私がむくれると、アリアは悪びれもせずに言う。

「だってあなた、ただのお菓子と怖い顔してにらめっこしてるんだもの。からかいたくなっちゃうわ」

ただのお菓子。

確かに、どこからどう見ても、これはクッキーだ。

アリアはおいしそうに火星クッキーを食べ終えると、「食べないならもらうけど」と私の手にある木星クッキーを指した。

そして私は結局、甘い匂《にお》いに負けて、食べた。

「あ、おいしい」

さっくりした歯ごたえで、見た目より軽い。柑橘系の苦みは、少し大人の味だ。

チリン……と鈴が鳴った。

《――お客様、ご覧ください。木星が見えてきました》

私とアリアはクッキーを食べながら窓の外に目を向ける。

「大きいっ……！」

木星を見た瞬間、私は思わず声を上げた。地球や火星が小さく感じられてしまうほどの巨大な球体が闇《やみ》に浮かんでいる。

《――直径は地球の約一一倍、質量は約三一八倍。衛星は七〇個以上。太陽系で最大の惑星です》

茶褐色《かっしょく》の縞模様が何本も平行に走る木星の表面では強風が吹き荒れ、雲が高速で流れている。巨大な雷が激しく光る。オーロラは力強いエネルギーを放っていて、地球で見られる儚《はかな》く美しい光のカーテンとは別物だ。

大きさも相まって異様な存在感で迫ってくる木星に私は圧倒されてしまい、クッキーを食べる手が止まる。

そして、接近したところで、私はあるものに違和感を覚えた。

細くて希薄な三本の環が、木星をぐるりと回っている。

「環がある？　土星じゃないのに……？」

「どうしたの？」とアリアに問われた。

「私、天体に関する本をたくさん読んだけど、木星の環なんて記憶にない……」

と、そこまで言って、私は異常な火星を思い出した。『白い大地』『赤い生物』など、どの本にも載っていなかった。

「そっか……目の前の木星が本物じゃないとしたら、おかしくないんだ」

私が自己完結すると、アリアは不満そうに細い足を組んだ。

「本物じゃないと考えるのは早計じゃないかしら。地球からは観測できていないだけで、環は実在するのかもしれないわ」

彼女の言うとおりだと私は気づかされた。

一九六四年一一月の時点で、地球に近い火星ですら謎《なぞ》だらけで、木星についてはほとんど何もわかってない。

「ってことは、つまり、火星の赤い生き物も実在するかもしれないの？　ううん、それはさすがにないよね……？」

私が腕組みをしてウーンと考え込むと、アリアに額をつんと指先でつつかれた。

「んっ？」と顔を上げると、アリアは科学者然として言う。

「固定観念は捨てたら？　宇宙は未知の領域なんだから、あなたの小さな頭でどれだけ考えたって、正確なことはわからないわよ」

「うん、そうだね」と私は全面的に納得する。天体の本をたくさん読んでいるとはいえ、所詮は高校生の知識だ。高名な学者でも推測するしかないのに、私が何を知っているというのか。

だったら、どうせなら無心で星巡りを楽しみたい。でも、知識が中途半端にあるから、なかなかそうもいかない。

もし今、私が幼児や小学生だったら、余計なことを考えず、見たままの光景に感嘆して、純粋な気持ちで星巡りができたのかな。

そう思うと、ちょっと悔しい。

私はふと、星祭りの河川敷で出会った女の子を思い出した。私にもあのくらい小さな頃があったはずなのに、当時の記憶はあまりない。でも、花が好きで、押し花をよく作って、カレンと公園やお人形で遊んでいたことだけは覚えてる。

《――橙色《だいだいいろ》の楕円形の渦をご覧ください。木星の特徴である『大赤斑《だいせきはん》』です。地球が二～三個すっぽりと収まってしまう、巨大な渦です》

それは美しく、同時に禍々《まがまが》しい、とてつもない大きさの渦だ。その渦に私は列車ごと飲み込まれてしまうような怖さを感じて、身を縮こまらせる。

でも、アリアはいつもどおり平気そうで、木星を眺めたまま淡々と話す。

「こういう途方もない景色を前にすると、わたしっていったい何だろうって思うわ」

それは私も同じだ。

宇宙からしたら、自分の存在なんて砂粒よりも小さくて――ううん、地球そのものが砂粒のようで、星町で見ている世界は何なのだろうと考えてしまう。

ひょっとしたら、星町での生活は夢じゃないかと。

夢のなかで夢を見てるんじゃないかと。

小さな頭の中で、疑問がぐるぐると渦を巻く。

考えて答えが出るものじゃないけど、考えれば考えるほど、私は自分がすごく不確かなものだと感じる。

もしも、隣にいるアリアがいなかったら、誰が私の存在を証明してくれるんだろう。そんな不確かさの一方で、私が死んだらこの宇宙も終わるんじゃないかという絶対的な感覚もある。

無限に広がる宇宙で、ふたりぼっち。

じつは私とアリア以外の人たちが死滅してしまって、銀河の果てへふたりで逃げてる。そんな空想科学小説めいたことを思ってしまい、私は心の中で苦笑した。

でも本当に、どうして私は彼女とここにいるんだろうな……。

頭の中がオーロラのような薄膜に包まれる感覚にとらわれていると、星巡りの列車は木星の前に到着した。

火星での殺戮《さつりく》がまぶたに焼きついていて、私はイヤな予感に襲われる。

「また変な生き物、出てこないよね」

「何度も言うけど、わたしにはわからないわ」

するとと突如、木星の縞模様がうねうねと動きはじめた。

「わっ！　ちょ、ちょっと!?」

私は窓から慌てて離れて、通路側の席に身体《からだ》を寄せる。

「アリア、あれ見て！　また変なのがいる!?」と私がわめくと、アリアは平然と笑殺する。

「まったく、ミサはしょうがないわね」

呆《あき》れたような顔でアリアは席を立つと、ついさっきまで私が腰掛けていた窓側の座席に腰を下ろす。

「どうぞ」とアリアは言った。

「何が……？」

「わたしがここに座れば、あなたはわたしを盾にして、隠れながら見られるでしょ？　ねえ、怖がりのミサちゃん？」

アリアは子どもをあやすように、私の頭を手のひらでポンポンと叩《たた》いた。

その途端、ふわっとした安心感が胸いっぱいに広がった。子ども扱いしないでとムッとするような気持ちはまったく起きない。隣に戻って来てくれてよかったとただ思った。私はいつしか、彼女をすっかり頼りにするようになっていた。

私は彼女の厚意に甘えて、背中に隠れながら怪しい木星を覗《のぞ》き見る。うねうねと動く表面の縞模様は、それ自体に意思があるように上下左右に伸びて、交錯し、広がる。そして次第に縞は人の形を描き出し――

「あれは誰……？」

私は目を疑った。髭《ひげ》を蓄えた巨大な男が木星の表面に出現したのだ。オーロラはその男の長衣。雷は杖から放たれる魔法。

《――彼は宇宙を支配する、天空の大神。神々の王です。周回する衛星は、彼にとっては愛人のようなもの》

大神と呼ばれた男がニヤリとすると、衛星のいくつかに女の顔が浮かび上がった。

「な、なにこれ……」

火星の凄惨さとはまったく違った意味で、生理的に受け入れがたい。

《――さあ、誘惑がはじまります》

大神は再び縞模様に戻り、今度は雄牛、白鳥、黄金の雨などに形状を変化させる。衛星はぐぐっと引き寄せられていく。

「ああやって、たくさんの女の人を誘惑したということ……？」

「そうみたいね」と答えたアリアは、つまらない恋愛映画でも鑑賞するように、頬杖《ほおづえ》をついて眺めている。

大神は数々の衛星をはべらせてハッハッハと嬉しそうに高笑いする。

《――大神はさまざまな姿に変身して、多くの女性を略奪しました》

「神なのに略奪？　イヤな感じ……」

私の嫌悪に答えるかのように、車内放送が流れる。

《——神話が作られた当時、略奪婚はよくある行為でした》

そんな時代に生まれなくてよかったと心から思う。だって、私は間違いなく奪われて、捨てられる側だから。学業だけじゃなくて恋愛に関しても、私はまったく自信がない。男性に対する拒絶感すらある。

その原因は、中学のときに起きた、あの事件のせいだ。

「——ミサ、クッキー食べないの？」

陰鬱《いんうつ》な気分に落ちかけたところを、アリアのお気楽な呼びかけで引っ張り上げられた。

私はひとくちだけ食べた木星クッキーをひらひらと振る。

「あの木星を見てたら、食欲がなくなっちゃったよ……」

「わたしもああいう男は嫌いよ」

そう言いながらアリアは私の手から木星クッキーをひょいと取り上げ、袋に戻す。

「あっ、それ食べかけ……」

「知ってるわ」

だったらどうして袋に戻すのと私が困惑していると、アリアは拳《こぶし》をグッと握りしめ、袋の上から木星クッキーを殴って割った。

「へっ……!?」

「はい、ミサもやって」

アリアは私に袋を押しつけてくる。

「ちょ、待って、なんで……?」

「スッキリするわよ。ほら、どうぞ」

よくわからないまま、私は木星クッキーを殴りつける。中学のとき、私を酷《ひど》い目に遭わせた男子の顔を思い浮かべて、バキッと。

ぐにゃり、と木星が私の一撃に連動するかのように震動して、大神の輪郭が醜く歪《ゆが》んだ。

「え、え?」

何が起きたの?

私は壊れた木星クッキーと木星を交互に見る。

「ミサの一撃が効いたんじゃないの?」とアリアが言った。

「私の……?」

「そう、もう一回やってみたら?」

信じられないけど、アリアに促されるままもう一発殴ってみると、再び木星が震動し、大神が顔を歪めた。

「すご……」

私の軟弱な拳《こぶし》が、宇宙を揺るがす天変地異を起こしている。私は口を開けて呆けるしかない。

「ほらほら、もっとやって」とアリアが私の手を覆うように摑《つか》んで、ぼろぼろになった木星クッキーをさらに砕いて潰《つぶ》す。大神は苦悶の表情を浮かべて崩れ、衛星たちはスーッと離れていく。

私は呆気《あっけ》にとられつつも、木星クッキーを壊せば壊すほど、心の底に沈殿していた塊が霧散していくのを感じる。

そして数分もすると大神は宇宙の塵《ちり》となり、木星や衛星は元通りの姿になった。粉々になったクッキーを、私は信じられない思いで見つめる。

「今の現象、このクッキーと関係あるんだよね？　アリア、星祭りで買ったって言ってたよね……？」

「買ったなんて言ってないけど。もらったのよ」

「誰から……？」

「三つ編みの女の子」

折り紙を渡してきた少女が思い浮かんだ。絶対にあの子だ。

「あの子って、何者？」

「わたしは知らないわ。でも、彼女が誰でもよくない？　だって、スッキリしたでしょ。あなたは恋人を略奪された経験があるみたいだし」

「は……？」

いきなり謎《なぞ》の断定をされた。私はクッキーの小袋をぶんぶん振って否定する。

「そんな経験ないっ！　どうしてそうなるの!?」

「略奪の話が出たとき、しゅんとしていたから」

「しゅんとしてないよ！　恋人いたことないから、略奪も何もないの！」

「恋人いたことないの？」

「ないよ！」

「デートは？」

ぎくり。

「なっ……ない」

言いよどんだ瞬間、アリアが顔を寄せてきた。

「あるのね？」

「いや、その……」。私は目を逸《そ》らした。

「白状しなさい」

アリアの刺すような視線を頬《ほお》に感じても私は黙っている。

すると、アリアは私の手からクッキーの袋をサッと奪い取った。

「あっ……！」

「グチャグチャにしたい男がいるんでしょう？」とアリアは砕け散った木星クッキーを私の目の前にかざし、「吐きなさい」とぐいぐいと身体《からだ》を押しつけてくる。圧迫された私は座席の肘《ひじ》掛《か》けと背もたれの隅に押し込まれ、身動きが取れなくなる。

「うぅ、ま、待って……」

「待たない」

直後、私の脇腹にぞわーっとする感触が走ったかと思うと——

「ひゃ!?　ひっ」

アリアが私に覆い被《かぶ》さって、脇腹をくすぐってくる。

「ほら、吐きなさい」

「アハハ、ヒッ、や、やめっ……ヒィ」

私は逃れようと必死に手足をばたつかせる。でもアリアの身体と座席に挟まれて逃げ場がない。そして私が逃げようとするほど、彼女は指を激しく動かす。

「正直に吐かないと、もっとよ」

「ひゃな……ひゃひ！」

静かな車内に私の奇声が響く。私はしばらく抵抗していたけど、呼吸すら苦しくなってきて、もう限界——

「はなしゅ！　はなしゅましゅ……！　たしゅけて……！」

息も絶え絶えに訴えると、アリアは身体を離してにっこりと微笑《ほほえ》んだ。

「よろしい」

涼しい顔のアリア。私は服も髪もぐちゃぐちゃに乱れている。

「強引すぎるよ……」と文句を垂れると、アリアはまたくすぐろうとしてきたので、私は「言うから許して！」と懇願した。そして、一度深呼吸をして気持ちを整えると、私は人生の汚点を明かす。

「私、中学は共学だったんだけど……」

口にするだけで、当時の苦い気持ちが蘇《よみがえ》ってくる。

「二年生の夏休みの前に、同級生の男子に『付き合ってほしい』って告白されたの」

黙って聞いているアリアに、私はぽつりぽつりと伝える。

「そんなの初めてだったから私は浮かれて、付き合って、海やお祭りに行ったんだけど……じつは、私への告白は、罰ゲームだったの」

浮かれ気分だった花火の帰り道、隠れて見ていた同級生の男子たちが突然出てきて、笑われた。「ドッキリ成功〜」「俺がお前なんかと付き合うわけないだろ」って。私は逃げるように走って帰って、その夜、身体中の水分が枯れるほど泣いた。騙《だま》されたことは悔しくて哀《かな》しくて、そして、嘘《うそ》の告白で舞い上がっていた自分が情けなかった。

これは、中学時代の消したい記憶、第二位。

「……だからデートは、それのこと」

私が重々しくため息を漏らすと、アリアは申し訳なさそうに頭を掻《か》く。

「訊《き》いて悪かったかしら」

「ううん、今となっては笑い話」

嘘《うそ》。

ただの強がり。

この事件のせいで男子が苦手になったので、まったく笑えない。

その上、この話をすると、同時にカレンも思い出してしまう。男子に告白されたのを伝えたとき、彼女は自分のことみたいに大喜びで、祝福してくれて、そして、傷心して不登校になりかけた私を救ってくれたのもカレンだった。

カレンには感謝してるけど、そのぶん、思い出すたびに自己嫌悪に陥って、苦しくなる。だから、彼女の記憶はすべて忘れたい。

でも。

私はふと思った。

もし、アリアに『消したい記憶、第一位』を話したら、どうだろう？

ひた隠していた宇宙への夢を彼女に打ち明けたら気が楽になったし、今のデートの話もそう。話し終えたら、心にたまっていたドロドロが溶けて流れていった。

それで私は、カレンとのあれこれもアリアに話しちゃおうか、なんていう気持ちも生じる。

旅の恥はかき捨て、とも言うし。

……あれ？

いや、違うでしょ。旅は旅でも、アリアは同級生だから捨てられない。

話そうかな……どうしようかな……　私がもじもじしていると、

「話したいことがあるなら聞くわよ」

アリアはクッキーの袋をポシェットにしまいながら、さりげない感じで言った。

「アリア？」

「わたしは誰にも言わないわ。学校に行ってないから、あなた以外に話し相手もいないしね」

「ん、えっとね……」。私の口から自然と言葉が出てくる。「私がめそめそしてたら、カレンが代わりに男子に怒ってくれたの」

「へぇ……」

「あっ、カレンって、引っ越した幼なじみの子」

「ええ、覚えてるわ。それで？」

アリアは座席に深く腰掛けて、私の話に耳をかたむける。

私はカレンと過ごした日々を思い浮かべて、舌に薄い苦みを感じながら話していく。

「彼女は私と同じ星町ハイツに住んでてね、幼稚園から中学三年生の終わりまで、ずっといっしょだった。ほとんど毎日のように顔を合わせてた」

カレンは文武両道の優等生で、可愛《かわい》くて人気者で、自慢の幼なじみだった。

「星祭りにも、毎年ふたりで行ってたんだ」

思い出すのは、彼女と最後に行った、中学三年生の星祭り。あの日、カレンは学校で一番かっこいい男子に誘われたのに、断って、私とふたりで祭りに来ていた。

☆☆☆

「断って、もったいなかったんじゃない？」

河川敷の夜店で林檎飴《りんごあめ》を買ったあと、私はカレンに訊《たず》ねた。でも、彼女はまったく冷めた様子で。

「全然。もうすぐ受験だから恋愛とか面倒だし」

「そっかぁ……」

「あ、もしかしてミサ、彼がかっこいいと思ってる？」

カレンはニヒヒと笑って、肘《ひじ》で私を小突いてきた。

「ば、バカ言わないでよ！」と私は断固否定する。「私が男子苦手なの知ってるでしょ？　私はね、私と来るより、彼の方がいいかなって思っただけだよ！」

「本当に？」

「本当だってば！」と林檎飴を指し棒代わりにして振ったとき、林檎が串から外れて、ボトッと地面に落ちた。

「あー!?　まだひとくちも食べてないのに……」

砂まみれの林檎を前に落ち込む私の肩を、カレンはポンポンと叩《たた》いた。

「アハハ、あたしの半分あげるから」

「大丈夫……」

「まあ、受験とか関係なしに、あたしはミサといっしょに来たと思うよ。だって、ミサと星祭りに来るのは幼稚園からの恒例行事だからね」

「行事って、学校みたい」

私はふくれっ面でカレンに言った。

「楽しい行事ならいいでしょ？　それとも、あたしと来るのは飽きちゃった？」

「そんなわけないじゃん。来年も再来年も、カレンと来たいと思ってる」

「あたしもだよ」

ニコッと笑ったカレンは夜空を見上げ、自分の林檎飴で満月を指す。

「いつか、遠い未来には、修学旅行で月へ行ける日が来るかもね。二一世紀にはそうなるのかな？　あたしたちの子ども世代は、まだ行けないかな。孫世代なら行けそう？　もちろん、どうせなら自分で行きたいけどもう無理だもんなぁ……」

「なんで修学旅行限定なの？　ふつうの宇宙旅行でいいじゃん」

「アハハ、ホントだ！　もうすぐ修学旅行かーって思ったらそうなっちゃった。でもさあ、あたしらがよぼよぼのおばあちゃんになる前には月旅行ができるようになってほしいなぁ。『六〇歳以上は骨折の恐れがあるので搭乗禁止です』とか言われたら、死んでも死に切れないよ」

カレンは試験で学年一位をいつも取るくらい頭がいいのに、ふだんは全然そんな感じはしないどころかちょっとバカっぽい。そんなところが私は好きで、楽しげに話す彼女の顔は希望と期待に満ちていて、私は傍《そば》で話を聞いてるだけで胸がときめいた。

☆☆☆

たった二年前の星祭りなのに、すごく遠い過去に感じる。

「仲が良かったのね」

微笑《ほほえ》むアリアに、私は深く頷《うなず》いた。

「私にとって大切な親友だったの」

カレンの本心は、わからないけれど。

私が第一志望の高校に合格したとき、家族よりも、私自身よりも、世界で一番喜んでくれた彼女。

でも。

——さよなら。もう連絡を取るのやめる。

あの日、別れ際にかけられた言葉が胸を突く。これ以上思い出していると目が潤んでしまいそうだ。

話題を変えよう。

「ねえアリア、私の話ばかりだし、ひとつ訊《き》いていい？」

「どうぞ」

「アリアに恋人はいるの？」

「いないわ。デートもしたことない」

あまりにもあっさり否定されたので嘘《うそ》じゃないかと疑ったけど、考えてみれば、彼女は不登校で家に籠《こも》っているのだ。

いや、でも、引っ越してくる前はどうだっただろう？

遠距離恋愛もありえるんじゃないの？

目の前の美少女の恋模様を想像していると、その美少女と視線がぶつかった。

「わたしを疑ってるでしょ？」

「うっ……」

図星を指された。

「ふふっ、ミサの想像に任せるわ」

上品に微笑《ほほえ》むアリアは、誰が見ても魅力的で、美しいはず。

だから、今は恋人がいないのかもしれないけど、昔はきっとひとりくらいいたんじゃないかな。それとも、完璧すぎて近寄りがたいのかもしれない。もし私が男だったら、話しかけられもしないはず。

「ねえミサ、宇宙って広いのよ」とアリアは言った。

「ん……？」

「人なんて星の数ほどいるんだから。いつか運命の人に出会えるといいわね」

自分みたいな人間に、どんな出会いがあるというのだろう。

運命について、一パーセントの期待と九九パーセントの不安を胸に抱き、星の海を眺めていると、目の前で岩石同士が衝突して、砕け散った。

不吉だ……。

「……私、もし運命の人に出会えたとしても、失敗して粉々になりそう……」

私の嘆きを聞いたアリアは苦笑いを浮かべた。

「出会えるだけいいじゃない」

チリン……

鈴の音が響いた。

《——お客様にお知らせいたします。当列車はこれより土星に向かいます》

列車はぐんぐんと加速する。

星が線となって流れる光景を見て、私は思う。

アリアの言うとおり、まだ見ぬ運命の人は地球のどこかにいるかもしれない。何年先かわからないけど、出会えるかもしれない。でも、カレン以上に心を開いて自然と話ができる人なんているんだろうか。私は男性にもカレンの影を追い求めてしまう気がしてならない。

「……」

あぁ、ダメだ。星巡りに出てから、幾度となくカレンを思い出してしまう。忘れたつもりになってたのに、全然忘れられていなかった。

——さよなら。

流星群の夜、カレンにかけられた言葉が頭に響く。あのとき、桜色のマフラーを巻いた彼女の瞳《ひとみ》は、涙で潤んで真っ赤になっていた。

私は胸の奥に、棘《とげ》で刺されるような痛みを感じながら、星巡りをつづける。

〈六〉惑星の耳

列車は木星を離れ、土星へ向かっている。私の隣に座っていたアリアは向かいの席に戻り、穏やかな寝息を立てている。

洋灯《ランプ》の光が揺れる音まで聞こえそうな静けさのなか、私は星々を眺めながら、カレンと過ごした日々をずっと思い出していた。わざわざ思い出そうとしてるのではなくて、自然と脳裏に浮かんでくる。彼女についてアリアに話したことで、記憶の堰《せき》が切れたのかもしれない。話し相手がいなくなり、やることもないので、いつのまにか心の内側に入り込んでしまう。

「ふぅ……」

ため息が漏れる。

少し疲れてしまった。

よく考えたら、ずっと眠ってない。時計が止まったままだから今の時刻はわからないけど、もう何日も起きている気がする。

土星をしっかりと見たいし、私も少しだけ眠ろう。土星の特徴的な環は絶対に見たいと思っている。

ふかふかの座席に身体《からだ》を預け、私は目を閉じる。

アリアの小さな吐息や衣擦れのかすかな音が耳に届く。それを聞いているうちに、私と彼女の呼吸はひとつになり、心地よい波に揺られて、闇《やみ》を漂い、私の意識は星の海に溶けていった。

☆☆☆

「――サ……」

ん……

「ミサ……」

……誰かに名前を呼ばれて……トントンと膝《ひざ》を叩《たた》かれてる……

「……いいのね……土星を見逃しても……」

どせい……？

「……環が……」

土星？　環？

その言葉で、眠りこけてた私の脳みそは一撃で覚醒《かくせい》する。

「どこ!?」

私は寝起きざまに叫んだ。

私の目の前で、真向かいに座っているアリアが目をまん丸くしている。

「いきなり大声だして、びっくりするじゃない……」

「ご、ごめん、見逃したら大変だから……」

「お目当ての惑星なら、そこにあるわよ」

アリアが指したものを見て、私は目を疑った。

「……あれが、土星？」

土星には到底見えない、おかしな物体が浮かんでいる。

表面の色は土星っぽい薄黄色だけど、最大の特徴である環がない。何より変なのは、惑星の両端に、薄っぺらい半円がふたつ、飛び出すようにくっついてること。

「本当に土星なの？」

私が確認すると、アリアはしっかりと頷《うなず》いた。

「車内放送でそう言ってたわ」

「でも、環がない……」

と、そこまで言って、私はおかしな火星と木星を思い出した。これまでのふたつの惑星が奇妙だったのだから、土星だって同じだろう。

それにしても、この惑星の形状は異常だ。

どうして歪《いびつ》に膨らんでいるの？

列車が惑星に徐々に近づいていくなか、首をかしげながら見ていたら、頭の奥の方で何かが引っかかった。

「あれ？　私、この土星を知ってる気がする……」

記憶の底をさらいながら、不可思議な惑星を隅から隅まで観察する。

どうして環じゃなくて、半円が飛び出してるんだろう？

まるで、ひとつの惑星にふたつの巨大な耳がくっついてるみたいで――

耳？

それって……

「カレンが言ってた耳!?」

私は飛び上がらんばかりに驚いた。

「耳って、何の話？」

アリアが興味深そうに訊《たず》ねてきたので、私はカレンから聞いた土星にまつわる逸話を教える。

まだ天動説が幅を利かせていた一七世紀初頭。今では『天文学の父』と称される科学者が土星を観測したとき、奇妙なものを見たらしい。まるで、惑星に『耳』が付いているような形だった、と。そしてその科学者は「土星は惑星本体に大きな衛星がくっついている。それは惑星の耳のようだ」と結論づけた。

でも実際には、土星に衛星なんてくっついてない。

これは単純な話で、一七世紀の望遠鏡は精度が悪く、環を鮮明に観測できなくて、半円に見えただけだったという。

「――以上、耳の話」

「つまり、あそこに見える耳は、昔の科学者の想像というわけね」とアリアはふむふむと頷《うなず》いた。

今の常識で考えれば、惑星に衛星がくっついてるなんてあり得ないけど、宇宙の常識は推測から事実へと日々更新されつづけている。

土星の耳を見ていると、宇宙という場所は、昔から本当に未知の世界だったんだなとあらためて感じさせられる。それと同時に、私はこの奇妙な土星に郷愁的な懐かしさを覚える。

「中学のとき、カレンとふたりで『耳ってどう見えたんだろう?』って話して、放課後に絵を描いたなぁ……」

最初は真面目《まじめ》に考察しながら描いてたけど、いつのまにか動物の耳が生えた惑星になっていた。くだらなすぎて、ふたりで大笑いした。

そんなくだらない時間が、私は大好きだった。

土星の耳の逸話以外にも、カレンは私の知らないことをたくさん教えてくれた。それは宇宙の話だけじゃなくて、本や音楽、映画など幅広くて、外国の空想科学小説『フライ・ミー・トゥ・ザ・ムーン』や、イリナさんが愛聴してるという『愛《いと》しのあなた』のレコードを貸してもらった。カレンの家はうちよりも裕福そうで、彼女の部屋は文化の宝箱みたいで、私はよく入り浸っていた。

だから、私の好きなものは、カレンの好きなものばかりだった。

今思うと、彼女からは受け取る一方で、自分は何も与えてなかった気がする。彼女は、自分の真似《まね》しかしない幼なじみをどう思っていたんだろう。

その答えが、「さよなら」という別れだったのかもしれない……。

考えていると私はだんだん自分が情けなくなってきて、首が垂れてくる。すると、アリアが私の額を指でツンとつついて、うつむくのを阻止した。

「すぐに落ち込むんだから」とアリアは言った。

「ごめんなさい」と私は素直に反省する。

すると。

「彼女について、もっとわたしに話したら？」

アリアに意外な提案をされた。

「ど、どうして？」

狼狽《うろた》え気味に返すと、アリアは肩をすくめる。

「だってあなた、彼女について話したそうなんだもの」

「そうかな……？」

とぼけてみたけど、そのとおりだった。アリアになら話してもいいかもと思える。だって、彼女は嘲笑せずに聞いてくれそうだから。

もしかしたら、『夢なんて捨てたら？』という厳しい言葉と同じように、ばっさりと斬《き》り捨てられるかもしれない。

でも、それならそれでいい。むしろ率直に言ってくれたほうがスッキリする。

アリアは柔和な笑みを浮かべて、話しかけられるのを待っている。

決めた。

あのさよならのことも、包み隠さず話してみよう。いつまでも胸の奥にしまい込んでいると、永遠に痛みつづけそうだから。

私は軽く咳払《せきばら》いすると、誰かに話す機会すらなかったカレンとのやり取りを明かしてゆく。

「レフさんとイリナさんの講演は、カレンといっしょに見たんだ」

世界的な宇宙飛行士を出迎えた日の光景が、鮮明に蘇《よみがえ》る。

講演会が行われる星町会館の前には大勢の人や報道陣が詰めかけ、お祭り騒ぎになっていた。背の低い私はつま先立ちして、必死に彼らに手を振った。カレンもあのときは大はしゃぎで、顔を上気させていた。

そして、『宇宙旅行の準備を！』という講演会が終わったあと、レフさんとイリナさんにサインと握手をしてもらった私たちは興奮冷めやらぬまま音川《おとがわ》の石段に腰掛けて、何時間も語った。カレンはしゃべりすぎて喉《のど》が渇き、水飲み場で何度も水を飲んでいた。あんなに興奮した彼女を見たのは初めてだった。音川から星町ハイツに帰るあいだ、私とカレンは銀色の月光を浴びながら、魔法をかけられたように宇宙旅行の空想をしていた。

「私が宇宙に夢を見たのは、完全にカレンの影響なの」

「へえ」と相槌《あいづち》を打つアリアに、私は大事なことを告げる。

「でも誤解しないで。私とカレンは違うから」

「違うって？」

「私は進むべき道がわからなくて、ずっと迷ってる。でも、カレンは今ごろ、宇宙への階段を上り始めているはずなの」

「宇宙への階段……？」

「彼女が星町から引っ越したのは、そういう理由だったから」

しゃべっていると、私の胸に寂しさが満ちてくる。

「あの日は雪が降って、すごく寒くて、町全体が白く染まってた……」


中学三年生の冬休み、最後の日。

その冬一番の冷え込みで、吐く息も凍る夜。私を芯から凍りつかせたのは、氷や雪ではなくて、電話越しにカレンから告げられた言葉だった。

「卒業したら引っ越すの」

嘘《うそ》だと思った。

嘘だと思いたかった。

でも、それは嘘《うそ》じゃなくて、カレンは言いにくそうに引っ越す理由を告げた。

「お父さんの仕事の都合と、あたし入りたい高校があるの」

引っ越し先は、電車で七時間もかかる、遠く離れた首都にある街。志望校は、田舎に住んでいる私でも知ってるような名門私立校。

確かに、カレンの頭脳なら名門校に入って、国内最高の大学にも合格できると思う。彼女の夢を叶えるためには、それが正しい道だ。

けれど、私はすぐには受け入れられなかった。

ショックが大きすぎた。私が受験勉強をがんばっていたのは、カレンが進学を希望していた星町女学院に入るためだ。

だから、引っ越しの理由を聞いた瞬間は裏切られたと感じてしまい、何も言えなくなった。心の整理がつかず、黙ったまま受話器を握っていると、カレンは何度も謝った。

「突然で本当にごめん。ごめんね、ミサ。でもあたし、夢を叶えたいから」

私がずっと黙っていると、電話越しにカレンが泣いてしまうのがわかって、私も涙が溢《あふ》れてきた。でも、彼女の家庭の都合を私が決められるわけないし、別れるのはつらかったけれど、精いっぱい明るく応援しようとした。

「勉強がんばってね！　引っ越しちゃうまで、たくさん遊ぼうね……！」

声は震えてしまって、そのあとは何を話したか覚えてない。

　私は電話を切ると、自分の部屋に閉じこもり、冷たい布団《ふとん》を被《かぶ》ってしくしくと一晩中泣いた。翌朝、目がぱんぱんに腫《は》れてたけど、両親はいっさい触れなかった。カレンの家とは家族ぐるみの付き合いがあったので、引っ越しの件は知っていたのだろう。

　号泣したことは恥ずかしいから、アリアには教えない。だから、カレンが引っ越したという事実だけを私は伝えた。

「そういうわけで、カレンは受験に向けて猛勉強してると思う。大学合格が宇宙への第一歩だからね」

　私が言い終えると、アリアは不思議そうに首をかしげた。

「でもあなた、彼女と連絡を取らなくなったって言ってたわよね？　どうして？」

　即座に痛いところを突かれた。

「えっと……」

　それは、私が一番消し去りたい記憶。自己嫌悪に陥るのであまり言いたくないけど、ここまで言ったのだから最後まで話そう。

「カレンとはケンカ別れ……みたいなものかな」

「みたいな？」

「……中学を卒業したあとの春休み。カレンが引っ越す直前に、ふたりで流星群を見に行ったの」

音川《おとがわ》沿いの桜がぽつぽつと開花し始めた頃。私たちは天文台の建設が決まったばかりの丘に上がった。流星群を見に来た人は誰もいなくて、ふたりだけだった。三月後半の夜はまだまだ寒くて、カレンは桜色のマフラーを巻いていた。

「あのとき、私はバカなことを言って、カレンを怒らせちゃって」

「何を言ったの?」

「流れ星に願いごとをしたんだけどね……私、ずっと我慢してたのに最後になって……」

寂しい気持ちが溢《あふ》れて、自分勝手すぎる願いが口から零《こぼ》れてしまった。

「カレンのお父さんの都合が変わって、引っ越しが中止になりますように……って」

「それがケンカの原因?」とアリアは平坦な声で私に問いかけた。

「そうだよ」と私は弱々しく頷《うなず》いた。「私が一方的に悪いの。カレンには『あなたのそういうところ良くないと思う!』ってすごい怒られた……」

小さな頃からいっしょにいたから、ケンカは何度もあった。でも、あのときに彼女が私に向けた怒りは、初めて感じるものだった。お菓子の取り合いとは違う、私の恋心をもてあそんだ男子への怒りとも違う、烈《はげ》しい哀《かな》しみや憤《いきどお》りを含んだ感情をぶつけられた。

どうして私はカレンの気持ちを考えられなかったの。

私は言ったあとで深く後悔したけど、一度声に出してしまったら、もう取り返しがつかない。

「カレンが激怒して当然でしょ。宇宙への階段を上がろうとしていたのに、地上に引き留めようとしたんだから。応援しなきゃいけないのに、最悪……」

私は頭を抱えて髪をもしゃもしゃと掻《か》き、はぁ……と重いため息を吐《つ》く。

そんな私を前にしても、アリアは同情も非難もせず、ただ私の気持ちを確認するように訊《たず》ねてくる。

「ミサは、そんな願いをしてしまうくらい、彼女と離れたくなかったの？」

私はうつむいたまま、こくりと頷いた。

同じ制服を着て、いっしょに星町ハイツから通うつもりだった。放課後に宇宙の話をたくさんして、四季の星座を観測して、春は桜祭りに、夏は花火に、秋は星祭りに行って、冬は年越しをして、誕生日を祝うはずだった。未来には宇宙旅行に行く約束もしてた。

ずっとつづくと思っていた日々が、あっけなく砕けてしまった。

「んっ……」

急に切なさがこみ上げてきて、私は唇をきゅっと噛《か》んだ。

沈黙が落ちる。

アリアは何も言わず、柔らかな表情で私から少し視線を逸《そ》らして、手持ち無沙汰《ぶさた》に髪の毛をいじっている。

私は心が落ち着くのを待って、話を再開する。重くならないように、なるべく軽い口調で。

「私はカレンが大好きだった。でもカレンは、私を面倒だと思ってたかもしれないよね」

「なぜ？　いつもいっしょにいたんでしょ？」

「私は昔っから弱虫で、どんなときでもカレンを頼ってた。でも彼女は優しいから、ずっと文句を言わなかっただけで……」

ぐじぐじ言っていると、アリアが私の口の前に手を置いて遮《さえぎ》った。

「推測で暗くなるのはやめなさい」

ぴしゃりと叱責されて、私は口をつぐむ。

「べつに怒ってないからそんな顔しないの」とアリアは言うと、私の頬《ほお》を両手でむにっとつまんだ。

「んんー！」

私はアリアの手をバッと振り払った。

「なにするのっ……！」

「彼女は、あなたを面倒だなんて思ってなかったはずよ？」とアリアは小首をかしげた。

「そんなのアリアにはわからないよ」

つっけんどんに返すと、アリアは苦笑を漏らす。

「考えてみて。あなたの恋心を罰ゲームに利用した男子に怒ったんでしょ？」

「それがどうしたの……」

「あなたを面倒だと思っていたら、慰めはしても、わざわざ介入しないわ」

どうなんだろう。

あの事件を知ったカレンは男子の集団に単身乗り込んで「人の気持ちを考えなさいよ！」と怒鳴りつけた。男子はカレンの剣幕に動揺しつつも「なに本気になってんだよ」と嘲《あざけ》り、その結果、男子と女子で対立が生まれて、学級内はとても面倒な事態になった。渦中の人物である私は気まずかったけど、カレンが本気で怒ってくれたのがうれしかった。そのときだけじゃない。いつでも励ましてくれて、守ってくれるから、ずっと甘えてた。

私はこう思ってた。

彼女が地球だとしたら、私は周りを回る月。

彼女が太陽だとしたら、私は光を与えてもらえる小さな星。

彼女がいるから、私は世界に存在している。

「私は、カレンみたいに強くなりたかった……」

そういう気持ちはあったけど、いつも傍《そば》にいて、ただ憧《あこが》れていただけ。変わろうとしないで、最後まで甘えつづけた。

「うっとうしいよね……」

だから、縁を切られた。引っ越し先にまで干渉してこないでって、嫌がられたんだろうな。

記憶の底にずぶずぶと沈み込む私を引き上げるように、アリアは優しい口調で声をかけてくる。

「彼女も、あなたと同じことを思っていたんじゃないかしら」

「何を……?」

「あなたに強くなってほしいって」

「そうかな……」

「だから、あなたにきつく当たったのかも――」と言ったアリアは、そこで一度言葉を切った。「いけない、これも推測ね。あなたにやめなさいって注意したのに」

珍しくアリアが気恥ずかしげにはにかんだ。その表情が子どもみたいに可愛《かわい》らしくて、彼女でもこんな顔をするんだと、私はなんだかホッとしてしまった。

「でも、私に強くなってほしいっていうアリアの推測が正しかったら、私、カレンの思いに全然応えられてないや」

あの夜、カレンに告げられた「さよなら」。

彼女の潤んだ瞳《ひとみ》、去って行く彼女の後ろ姿、夜風になびいた桜色のマフラー。

忘れられない光景のひとつひとつが、私の心に消えない傷を残している。

私はどうすればいいのだろう?

強くなるって、どういうこと?

「――願いごと、考えてみたら?」

アリアに唐突に提案された。

「今から考えるの……？」

「だって、ここからは流れ星がいつでも見えるわ、ほら」

アリアの指した窓の向こうには、数え切れないほどの星々が煌《きら》めいている。

「新しい願いごと……」

「思いついたら教えてね」

アリアはそう言って立ち上がった。別の席に移るのかと思ったら、私の隣に腰を下ろした。

うれしい反面、少しドギマギしてしまう。

「ど、どうして、こっちに座ったの？　通路側って景色見にくいでしょ……」

訊《たず》ねると、アリアは私に肩を寄せてきた。

「寂しくなったから」

「へ？」

「ふふっ。おやすみなさい」

アリアは私から肩を離すと、背もたれに深く身体《からだ》を預け、目を閉じてしまった。

彼女の行動に混乱する。

「ちょっと、ねえ？」

話しかけてもスースーと穏やかな寝息で返される。狸《たぬき》寝入りかもしれないし、揺すり起こしたくなるけれど、寝顔が幸せそうなので、起こせない。

「ズルい。寂しいなんて絶対に嘘《うそ》だ……」

チリン……

《――お客様にお知らせいたします。当列車はこれより土星を出発します》

気づくと、土星の耳はなくなり、正常な環の形に変化していた。

列車は土星の環の上を滑るように走り、つぎの目的地である天王星へ向かう。

新しい願いごとって、何だろう。

アリアから香る甘い匂《にお》いに包まれながら、私は長いため息を吐《つ》いた。

〈七〉暗黒と光明

星巡りの列車は次の目的地である天王星に向けて、紺《こん》色の宙《そら》を快調に走っている。

土星を発って以降、私は願いごとをずっと探していたのだけど、「これだ」とアリアに言えるものは見つからず、流れる星の数だけため息が生まれている。

そしてまたひとつ、流れ星が私の胸をかすめていった。

「ふぅ……」

「三〇」

隣から、謎《なぞ》の数字が聞こえた。眠っていたはずのアリアを見ると、ぱっちりと目を開けている。

「何が三〇なの?」と私は問う。

するとアリアは呆《あき》れ顔で指を三本立てる。

「土星を出てから、あなたがため息を吐《つ》いた数」

「そ、そんなに多かった!?」

ハッと手で口を押さえた私は、おかしな点に気づいた。

「……っていうか、数えてたってことは、寝たふりだったの……?」

「そうよ。わたしが起きてると、願いごとを考えるのに集中できないかなと思って。でも、このままだと宇宙の果てまで行っても見つからなそうだし、ため息で空気が重くなってきたから、目を開けたのよ」

まったくアリアは……。

ハァ――と、私はため息を吐きかけて、慌てて息を止めた。

「それで、どう？」とアリアは言った。

私は後頭部を掻《か》いて言い訳を始める。

「ひとつに絞れないというか、思いつかないというか……」

優柔不断。親に何度も注意される私の悪いところ。それをアリアもわかってきたようで、仕方ないなという感じで眉《まゆ》を下げた。

「それじゃ訊《き》くけど、カレンは流星群に何を願ったの？」

「宇宙船の開発者になるって……」

今言った私の言葉では、きっとアリアには伝わらない。

あのときのカレンの真剣な表情が私の脳裏に浮かぶ。感情のほとばしるような強い眼差《まなざ》しで、カレンは宙を見据えて言った。

――あたしは絶対に宇宙船の開発者になる……！

祈りや願いを超えた、必ず叶えるという誓いに私は感じた。

「……それに比べて、私は『引っ越しの中止』だもん。そりゃ怒るよね……」

「本当に利己的な願望ね。流れ星だって困るんじゃないかしら」

容赦なく貫かれた。

罪悪感に身悶《みもだ》える私に、アリアは悪びれもせずに問う。

「ところであなたは、彼女と同じ開発者になりたいとは思わないの？　影響を受けていたのよね？」

私はふるふると首を横に振る。

「そう思ったこともある。でも、無理っていう気持ちの方が大きいよ」

以前、宇宙に関わる職業を思いつく限りノートに書き出して、不可能なものを削っていったことがある。結果、全部なくなってしまった。だから私の夢は『(今すぐは思いつかないけれど）何か宇宙関係の仕事に就きたい』という、極めて漠然としたものだ。

「デジタルコンピューターのプログラムもカレンならできるだろうけど、難解な言語が私にはさっぱりで……ハァ……」

「ミニ」

「あっ！」

私が手で口を押さえると、アリアは苦笑を頰《ほお》に浮かべた。

「べつに、あなたと彼女と比べる必要はないと思うけど」

「……うん」と私は素直に頷《うなず》いた。「ずっといっしょにいたせいか、癖になっちゃってるのかな。昔から、親にもよく比較されたしね。『カレンちゃんは良くできるのにミサは……』『ミサもカレンちゃんを見習って』とか」

「くだらない」とアリアは切って捨てた。

私は窓に映っている自分の顔を見る。

「カレンと私は中身も外見も全然違うのに、つい比べちゃうんだ」

「人生の基準が彼女になってるみたいね」

「大げさに言えばそう。カレンは小学校のときいつも一〇〇点取ってて、リレーの選手で、みんなから可愛《かわい》いって言われて、今考えたら飛び抜けてるんだけど、当時の私はそれがふつうだと思っちゃってたから」

アリアは唸《うな》って、腕を組んだ。

「ずいぶん礼賛《らいさん》してるけど、彼女にだって弱点くらいあるでしょう？」

「弱点？　そんなの……」

考えてすぐにあることが頭に浮かんで、私はプッと吹き出してしまった。

「どうしたの？」と気にするアリアに、私はもったいつけて言う。

「彼女、ひとつだけ苦手なものがあるの。何だと思う？」

「苦手なもの……んー……」

アリアは眉間《みけん》に皺《しわ》を寄せて、いくらか悩んで「犬？」と答えた。

「ううん、ヒントは飲食物」

「わからないわよ、教えて」

「答えは牛乳。飲めなくて、給食でいつも困ってたの」

それを聞いたアリアは、思わず零《こぼ》れ出たような微笑をもらした。

「へぇ、牛乳……」

「血液と成分が似てるって知ったら、気持ち悪くて飲めなくなったんだって」

なるほどとアリアは相槌《あいづち》を打つと、小悪魔っぽい眼差《まなざ》しを向けてくる。

「でも、血が苦手じゃあ、彼女は吸血鬼にはなれないわね」

まったく、また脅かすつもりだな。

私は強気で返す。

「べつになりたいとは思ってないでしょ」

「でも嚙《か》まれたらなっちゃうかも？」

アリアが八重歯をチラッと見せたので、私は手を差し出してやる。

「嚙みたければどうぞ」

エッとなったアリアは、私の顔を見て、困った様子で言う。

「わたし、人の手を嚙む趣味はないんだけど……」

「……」

猛烈な恥ずかしさに襲われて、すっと手を引っこめた。

なんなの、そっちから話を振ってきたのに……！

私は頰《ほお》が熱くなるのを感じながら、にやにやしているアリアに訊《たず》ねる。

「牛乳は置いといて、何の話だっけ……」

「あなたの願いごとはどうなったの？」とアリアは言った。

「あぁ……ええと……」

そうだった、何も思いついてないままだ。

「ちょっと待って……考えるから」

「そう。じゃあ、おやすみなさい」

アリアは再び目を閉じた。

しばらく無言の時間がつづく。

願いごとか……。

あれこれ考えすぎて、頭の中が混沌《こんとん》となる。

「はぁ」

ため息を吐《つ》いて、私はアッとなった。

アリアは眠ったふりして、また数えてるんじゃないの……？

と思うや否《いな》や。

「ミサ、あのね」

アリアが言った。

「待って！　今のは」

私が取り繕おうとすると、アリアは首を横に振った。

「いいえ、わたしが話したいのは、ため息じゃなくて、あなたの願いごとについてよ。わたしも考えてみたの」

「たとえば……？」

「あなた、本を読むのが好きなんでしょ？　それなら宇宙の本を書く人になれば？」

「科学者ということ？」

「それでもいいけど、宇宙の記事を書く記者とか、子ども向けの作家とか、いろいろあるでしょ？」

私は一瞬、いいかもと思った。

でも。

「文章を書くのは得意じゃないし……」

弱気を口にすると、アリアは不満そうに腕組みする。

「書く練習をしたら？」

「でも、書くよりも読む方が好きだから……」

「だったら評論家とか書評家は？」

「私、そんな偉そうな仕事は無理」

「ハァー……」

アリアは長いため息を吐《つ》くと、うんざりした目つきで私を見た。

「あなた、本当は宇宙なんて興味ないでしょ？」

「そんなことはないよ」

「いいえ。宇宙が好きな幼なじみの真似《まね》をしていただけ」

「そんなことないって！」

私が強く否定しても、アリアは納得いかないという顔をする。

「宇宙熱をうつされた？　そんなの言い訳。彼女にくっついていたかっただけよ」

「違う！　最初はカレンの真似だったかもしれないけど、私だってちゃんと好きなんだから！」

「ちゃんと好き？　ふーん」

アリアは顎《あご》に手を当てて、冷徹な視線を投げてくる。

「好きって、夢を見ようとしている自分が？」

「何それ？」

「大好きな彼女に捨てられて可哀想《かわいそう》なわたし。そんな自分が好きなのね」

「そんなわけないでしょ！　私は自分なんて大嫌いだから！」

「ミサって嫌いなものばかりね。いったい何が好きなのかしら？」

アリアは聞く耳を持たない。

ああもう、なんなの!?

私もさすがに苛立《いらだ》ちを抑えられなくなってきて、声が自然と大きくなる。

「好きなのは宇宙だってば」

「宇宙?」

「そうだよ! 星とか月とか!」

「とか?」

「いいかげんにしてよっ!」

ニヤついているアリアに、私はありったけの想いをぶつける。

「どれとか選べないよ! 宇宙全部好きなんだから!」

私の叫びが、がらんとした車内に響いた。

こんな大声を出して口げんかをしたのはいつ以来だろう。

それにしてもアリアはどういうつもりなの。すごくバカにされた気分。はらわたが煮えくりかえるのを感じながら、私は彼女をじろっと睨《にら》みつける。

すると、しばらく黙っていたアリアは、「ふふっ」と堪《こら》えきれないように吹き出し、クスクスと笑い始めた。

どうして笑われるの。もう全然意味がわからない。

「なんなのよ……」

「いいえ、今の勢いなら、開発者だって学者だって何にでもなれそうなのに。そう思ったらおかしくて。あなたの熱い告白、宇宙全体に響いちゃったんじゃないかしら？」

目を細めるアリアの悪戯《いたずら》な笑みを見て、私はアッと気づいた。

嵌《は》められた。

私に大声を出させるために、わざと煽《あお》り立てたのだ。そして私はまんまと、「好き！」と言わされてしまった。

「ズルい……」

茫然《ぼうぜん》となった私に、アリアはぐーっと身体《からだ》を寄せてくる。

「ねぇミサ、もう一回聞かせて。何が好きなの？」

「し、知らない……」

大声で告白したのが恥ずかしくて、顔が火照《ほて》ってくる。そんな私の様子が楽しいのか、アリアは私の耳元で囁《ささや》いてくる。

「わたしは知ってるわ。教えてあげる。宇宙全部好きなの」

「す、好きだけどさ……できるできないは、べつでしょ……」

私がモソモソと答えていると、アリアは真面目《まじめ》な顔に戻って、私を見つめてくる。

「それじゃ、できるできないは関係なしに答えて。あなた、宇宙に関する職業を書き出したって言ったわよね？　もし神様がひとつ願いを叶えてくれるとしたら、何を選ぶ？」

アリアの薄紅色《うすべにいろ》の瞳《ひとみ》は冷たい熱を秘めていて、私の心はじりじりと焦がされる。そして私は今思ったことをそのまま答える。

「……たとえば、開発者になるって願いが叶ったとするよ？　それで、もし私が原因で事故が起きたり、計画が失敗したりしたら……そんなことを考えると、無理ってなっちゃうの……」

その事態を想像すると手のひらに汗がじんわり滲《にじ》んできて、私はスカートをぐねぐねと握る。

アリアは毒気を抜かれたような顔で、何度かまばたきをした。

「あなた……そこまで考える？　心配しすぎじゃない？」

「自分でもそう思う……」と私は頭を掻《か》く。

「その自分が、あなたの言う『大嫌いな自分』よね？」

「ちょっとぉ……！　そういうことばっかり言うと怒るよっ」

私がふざけてアリアの肩をパシッと叩《たた》くと、アリアは胸の前で両手を合わせて、ぺこっと頭を下げた。

「ごめんなさい、そろそろ嫌われそう」

「べつに嫌わないけど……」

アリアはすごく意地悪だけど、なんだかんだで話しやすい。むしろ、どちらかというと、うじうじしっぱなしの私の方が嫌われそうだ。

「ところで」とアリアは言った。「ミサは自分に自信がまったくないんでしょ。それなら『自信が持てますように』って願ってみたら？」

「うん、それも、考えたんだけどね……」

能力がないのに自信だけあっても、たんなる自信過剰になってしまう。だったら能力を身につければいいのだけれど、難関の大学に入れるわけない。そんな堂々巡りで。

「ハァ……」

「――」

「っ！」

油断していた。

アリアにじっとりと見つめられる。

「宇宙があなたのため息で埋まりそう」

「うー……無意識なの……」

チリン……

《――間もなく天王星に到着します》

話を逸《そ》らす好機だ。

「ほら、天王星だって！」

そう言いながら、私は窓の外に目を向けた。

漆黒《しっこく》の海に浮かぶ、美しい碧色の惑星。環をいくつも持っていて、表面では冷たそうな氷の粒が煌《きら》めいている。

《――ほかの惑星と違い、横倒しに傾いて自転している不思議な星。近づくと腐った卵の臭いがするでしょう》

「見た目はきれいなのに、残念な感じだね……。でも臭いなんて本当なのかな？　火星も木星もあんな変なのだったし」

私の疑問をよそに、車内放送は淡々と案内をつづける。

《――一八世紀後半に天王星が発見されるまでは、人類は土星が宇宙の最果てだと思っていたようです》

「あっ、この話もカレンから聞いた。一週間の曜日がどうして土星までなのか、気になって調べたって」

「なんで土曜日までなの？　よかったら、聞かせて」

「もちろん」

カレンからの受け売りの知識だけど、私はアリアに教える。

「太陽系の惑星で古代から知られていた天体は七つ。太陽と月、水星、金星、火星、木星、土星。それらが全宇宙を構成してるって、長いあいだ考えられてきた。でも、科学が発達した結果、その常識が覆されたんだって。そのきっかけが、天王星の発見だった。天王星が初めて観測されたのは一七世紀なんだけど、そのときは惑星じゃなくて『奇妙な星』って思われて、一八世紀後半になって、ようやく新天体と見なされたらしいよ。それで、一週間の曜日が決まってからあまりにも時間が経ってたから、天王星は曜日に入ってないんだって。そんな天王星は、当時の人々に恐ろしい衝撃を与えたみたい」

「どうして?」

「だって、宇宙の常識がひっくり返っちゃったんだから」

そんな天王星を間近で見られて（もしかしたら、また奇妙な変化をするかもしれないけど）私の胸は高鳴り、声も自然と弾む。アリアも少し前のめりになって私の話を聞いている。

「それ、第一発見者が一番びっくりしたんじゃない?」とアリアは言った。

「絶対そうだよ！　なんかね、見つけたのは偶然だったんだって。自宅で自作の望遠鏡を覗《のぞ》いてて、知らない惑星があるって……きっと信じられなかっただろうね！」

アリアはうんうんと頷《うなず》き、にこっと微笑《ほほえ》んだ。

「そうやって、楽しめるものがいいんじゃないかしら?」

「何が?」

「あなたの願いごとよ。宇宙が好きだからって、苦しい想像しかできないものを追い求めてたら、それは夢じゃなくて悪夢じゃない?」

「そうかも……」

大事な条件なのに忘れてた。

でも、楽しめるものって何だろう。星を見るのは楽しいし好きだけど、将来の目標なんだから、そのままじゃ進路希望調査には書けない。

いろいろと思い浮かべていると、アリアが窓の外を指した。

「ミサ、見て。また異変が始まってたわ」

やはり、ふつうには終わらないらしい。期待と不安が半々で、私は天王星を見る。

「え――」

見た瞬間、呆気《あっけ》にとられた。

天王星の大気や氷が伸び上がり、宇宙を漂う浮遊体となると、次第に形を整え、光の衣を纏《まと》った巨人に変化した。巨人と宇宙空間との境目は曖昧《あいまい》でぼやけていて、ただならぬ気配を感じさせる。

異様な光景に目を奪われていると、車内放送が流れ始めた。

《――天王星の命名には紆余曲折あり、最初は実在の人物名で呼ばれていましたが、最終的には神話から取られました。それは、全宇宙を統べた天空神。全身に無数の銀河を持ち、『星ちりばめたる』という称号を持つ神です》

天空神が光の衣を広げると、衣に描かれた銀河模様から無数の星が四方八方に放たれた。星々は白や桃色に輝きながら草山丹花《ベンタス》に変わってゆく。

その煌《きら》びやかな光景に私は肝を打たれて、声も立てられない。

私の眼前を、きらめく草山丹花が光の尾を引いて流れてゆく。その勢いはとどまるところを知らず、彩り豊かな花吹雪となって車窓を覆った。

〈――おねえちゃんの願いごとは？〉

突然、女の子の声が私の頭の中に響いた。

声の主はアリアじゃないし、車内放送でもない。聞き覚えのあるその声は、星祭りの河川敷で出会った幼い女の子に思える。しかし、あたりを見回しても、乗客はアリアしかいない。

「ねえ、アリア。今何かしゃべった？」

「いいえ。どうしたの？」

「誰かの声が聞こえた気がして……」

〈――お花、枯らさないでね〉

また聞こえた。

空耳じゃない。

どこの席にいるのか探そうとしたとき、私は右の太ももに、かすかな温かさを感じた。見ると、スカートのポケットの中からうっすらと光が漏れている。

何……？

光るものなんて持ってない。

このポケットに入れたものは、あの女の子からもらった折り紙。

触るのはちょっと怖いけど、知らんぷりしておくのはもっと怖いので、私はおそるおそるポケットに手を入れる。すると、薄くしっとりとしたものに指先が触れた。

この感触──

ポケットからそっと取り出すと、それは桃色の光を放つ草山丹花《ペンタス》だった。

まるで星の花だ。

「見て、これ！」と私は手のひらにのせて、アリアに差し出した。

ところが、星の花は端の方からさらさらとした細かい砂になって崩れていく。そして、崩れた砂は光の粒子となって宙《そら》にふわりと舞い上がり、窓をすり抜けていく。

「何が起きてるの……」と私は当惑する。

「宇宙は不可思議な場所ね」とアリアはお手上げのポーズをした。

私たちはしばらくのあいだ、光と闇《やみ》の饗宴《きようえん》を鑑賞していた。

やがて、花吹雪は淡い光を放ちながら宇宙の果てへと散り散りに拡散し、車窓には深い闇が元通りに広がった。星々の行方を見届けた天空神はふわりと衣をひるがえし、宇宙空間と同化して姿を消した。

残ったのは、天王星の凍てつくような静謐さと、無限に広がる闇。

刹那《せつな》、私の身体《からだ》がぶるっと震えた。

宇宙という存在が途方もなくて、寒気を覚える。

砂粒より小さな人間が触れていいの？

深淵を覗《のぞ》くのは禁忌じゃないの？

地上で天体観測をするとき、そんなふうに深刻に感じたことはない。気が滅入《めい》ったときの気分転換こそ、天体観測だった。

四季の星座を探し、古来より伝わる神話に思いを馳せる。星の海を泳いでいると、地上の悩みを忘れられる。現実逃避なのかもしれないけど、ささくれだった心を星々の優しい光が癒《い》やしてくれる。もちろん、癒やされたいという思いより、未知への好奇心の方が大きい。天空には人間の力ではどうにもならない神秘の世界が広がっていて、私はこっそりとそこを覗くのだ。

天体観測の中でも、流星群を見るのは何よりも素敵に感じられるひとときだった。だから、カレンが引っ越す前に、どうしてもいっしょに見たくて誘った。流れ星に、彼女の幸せを願うつもりだった。引っ越しの準備で忙しかった彼女はちょっと疲れた顔をしてたけど、「あたしもミサと流星群を見たい！」と快諾してくれた。

そしてあの日――桜もまだ咲いていない三月の夜、私はカレンと丘に上がった。流れ星を待ちながら夜空を眺めて、くだらない話をした。

――天文台が完成してたら、どんな世界が見えたんだろうね？

――でも、子どもは入れてもらえないじゃん。

――そうなの？

——世界で一番新しい、すっごく高価な機材が入るらしいよ。

——なんとか見せてもらえないかなぁ……

——あたしは引っ越しちゃうから、ミサ、忍び込んでね。

——捕まっちゃうでしょ!?

他愛もない会話が、今は懐かしい。

「昔は楽しかったな……」

難しいことを考えずに、無心で楽しんでいた。勝手に星座を作って神話を考えて、UFOの襲来や、冷凍睡眠の宇宙旅行なんかも無邪気《むじゃき》に語っていた。

いつからだろう、宙《そら》を見ているあいだにも、重力を感じるようになったのは。

星は遥か遠くにあって、私は身も心も重くて、沈んでいく。

星巡りで宇宙を旅している今も、私の心は地上に縛りつけられてる。

この目で見た数々の現象を、地上の常識で片づけてる。

べつに小学生や中学生に戻りたいわけじゃない。

戻りたいなんて全然思わない。

私はただ、宇宙に未来を見たいだけなんだ。

チリン……と鈴の音が鳴り響いた。

そのとき。

「あっ……」

私は、闇《やみ》の中に仄《ほの》かな光を見た。宇宙をたゆたっていた一輪の草山丹花《ペンタス》が、薄桃色に光る蝶《ちょう》になり、闇を優雅に舞う姿を。蛍のように儚《はかな》げに発光する蝶は、ひらひらと瞬《またた》きながら、星屑《ほしくず》の鱗粉で光の道を描き、私をつぎの惑星へと導く。

〈八〉混沌と願望

天王星が見えなくなると、光る蝶《ちょう》は形を失っていき、短い命を終えた。

そして私は海王星に向かう中で、相も変わらず、遠く離れた地球で生きていく日々の答えを探しつづけている。

チリン……

《――海王星は太陽から離れすぎているため、地球から肉眼では見られません》

星巡りの案内は、右の耳から左の耳へと抜けていった。もちろん、海王星が近づけば気持ちは昂るだろうけど、今はそんな気分になれない。

旅の初めは心を奪われた星の海も、さすがに慣れてきて、変わらない日常のように思えてくる。なんだか、星の光も少し暗くなってしまった気がする。

「ハァ……」

また、ため息がこぼれた。「五〇」までアリアは数えていたけど、うんざりしたのか止めてしまった。

散々迷った私は、いいかもと思える願いを見つけた。でも、それが正解だという確信が持てずにいる。

本当にそれでいいのか、一時的な思いつきじゃないのか。

疑問がつぎつぎ湧《わ》いて出てきて、不安定な心をさらにぐらつかせる。

私は隣のアリアを横目でちらりと見る。

彼女は目を閉じて背もたれに体を預け、気だるげに腕を組んでいる。時折、顔にかかった前髪を払うので起きてるらしいけど、ひとこともしゃべらない。

願いごとについて、彼女の意見を聞いてみたい。

でも、否定されるのが怖くて、躊躇《ちゅうちょ》してしまう。

我ながら臆病すぎると思うけど、いつものことだから……。

こうなってしまったのは、昔から積み重なった失敗が原因だとわかってる。要領が悪くていつも叱《しか》られてるうちに、失敗する自分のイメージしか浮かばなくなった。

怖くて一歩を踏み出せない。今ここでアリアに否定されたら、浮き上がってこられない奈落に落ちてしまう気がする。

それこそ、授業中の居眠りで見た悪夢のように。

『死の星』でひとりぼっちになった恐怖が蘇《よみがえ》り、私はスカートの裾《すそ》をきゅっと握った。

どうしよう。

こんな気持ちでアリアに相談したら、また「諦《あきら》めたら？」と言われてしまうかもしれないけど……。

チリン……

《——お客様にお知らせいたします。まもなく海王星です》

アリアに話しかける踏ん切りがつかないまま、星巡りの列車は、『死の星』のひとつ手前にある惑星に到着した。

薄くて細い環を纏《まと》った、瑠璃色《るりいろ》の惑星――海王星。

《――遠くから見ると穏やかですが、暴風が音よりも速く吹き荒れ、金剛石の雨が降り注ぎます。では、あちらに見えます渦にご注目ください》

海王星の表面に、大きな染みのような、暗い楕円形の渦がある。

「あれは、何？」

ゆらゆらと不安定に揺れ動く渦。

木星にあった巨大な渦に似てるけど、何かが違う。見ていると焦燥感に駆られ、得体の知れない不安が忍び寄ってくる。目が回って、くらくらして、渦に吸い込まれそうになる。

「あまり見ない方がいいわ」

アリアは席を立つと、窓の鎧戸《よろいど》を閉めて私の視界を遮《さえぎ》った。すると、私の心を侵食していた焦燥感や不安感がすーっと薄れていった。

「ミサ、あなたは余計なものばかり見てしまうのね」

「だって、『ご注目ください』って放送で案内されたから……」

「じゃあ、放送で『宇宙に飛び出してください』って言われたら、飛び出す？」

「……飛び出さない」

「そういうことよ」

アリアは私の左隣の席に深く腰掛けると、ふぅ……と息を吐いた。

彼女が内心で何を思っているのか、私にはわからない。でも、私の悩みを気に掛けてくれているのはすごく感じる。

その気持ちには、まだ応えられてないけど。

車内放送は鎧戸を閉めたことなど関係なく、機械的に案内をつづけている。

《――海王星の公転周期は約一六五年。人間の寿命では、海王星が天を一周する姿は観測できません》

「伝承の吸血鬼なら、一〇〇〇年生きるから観測できるわね」

アリアがボソッとつぶやいた。また吸血鬼の話だ。宇宙の広大さに畏れを抱いていた私は、アリアの意地悪な攻撃に備える。

ところが予想に反して、彼女は儚《はかな》げな笑みを浮かべて私に語りかけてくる。

「そんな吸血鬼に比べて、人間の人生って、なんて短いのかしら。うかうかしていたら、たったひとつの願いごとさえ叶えられないまま終わってしまうわ」

躊躇《ちゅうちょ》している私の気持ちが読まれているようで、願いごとの相談をするべきか、いっそう迷ってしまう。

そして、私が何も言葉を返せずにいると、脇腹を指でつーっと撫《な》でられた。

「きゃッ！」

飛び上がった私は、アリアをキッと睨《にら》む。

仕返しだ。

私はアリアの脇腹に指先を這《は》わせる。薄い生地の向こうに肋骨をすぐに感じた。なんだか骨に触れていると折れそうな気がしてしまい、私は手を下げて、お腹《なか》の横を狙《ねら》う。内臓がどこにあるんだろうと思ってしまうくらい細くて柔らかい部位をくすぐるけど、アリアは全然反応しない。

「ミサ、くすぐったいから、やめてくれる？」とアリアは冷静に言った。

「あ、はい……」と私は手を引っこめた。無反応だけどくすぐったいのはくすぐったいんだ、なんて考えていると、アリアは窓の外に目を向けた。

「ところでミサ、この列車から月を見たとき、わたしがあなたに言ったことを覚えてる？」

「ん……？　ええと……」

咄嗟《とっさ》には答えが出てこない。

すると、アリアは私の方へ身体《からだ》を向けると、右手をすっと伸ばしてきて、そのまま何も言わずに私の胸元に手のひらをつけた。

突然でびっくりして、私の心臓はドキドキと早鐘を打つ。

「なっ……なに？」

私が狼狽《うろた》えた声を出しても、アリアは無言で、まっすぐな視線で私を見つめてくる。鼓動は高まり、ドキドキが伝わってしまうんじゃないかと思っていると、アリアようやく口を開いた。

「わたしはあなたの意思を肯定する、と言ったの」

「うん……覚えてる」

覚えていたけど、あらためて言われると心が和らぐ。私を肯定してくれる人がいるというだけでうれしい。だって、ずっと孤独だったから。

胸に置かれたアリアの手のひらから、じんわりとする温かさが体内に浸透してくる。心臓が脈打つたびに、温かな血液が身体中に広がるのを感じる。

「あなたの願いごとをわたしに明かす必要はないわ。わたしは神様ではないし、願いを叶えてあげられるわけでもない。わたしはただ、あなたのことが知りたいから、訊《き》いただけ」

アリアは私の胸から手を離した。

彼女の言うとおりで、明かすのが怖いなら相談しなくてもいいし、心のなかで願っているだけでもいい。

でも私は、彼女に聞いてほしい。

「願いごとを、ひとつ思いついたの」

「ええ」とだけアリアは言って、私の言葉を待っている。

私は怖い気持ちを封印して、願いを打ち明ける。

「私、星町の天文台で働きたい」

アリアは頬《ほお》を緩《ゆる》めた。

「いいと思うわ。でもどうして？」

「単純な話。天体観測が好きだから。望遠鏡を覗《のぞ》いたり、星座を探したりしてるときが楽しい。だから今こうして宇宙を走ってるのは、夢の場所にいるようなものなんだけど……」

私は窓を塞《ふさ》いでいる鎧戸《よろいど》に訝《いぶか》しげな目を向ける。

「この星巡りの宇宙って、本物じゃないでしょ？」

「ええ、そうね。どの惑星も変だもの」

「だから、私は本物をこの目で見たいなって思った。星町の天文台で未知の宇宙を観測して、それを世界中の人たちに伝えるの。私なんかにできるのかなって、ちょっと怖いけど……でも、好きなことだからがんばれるかなって……」

アリアはしっかりと頷《うなず》いた。

「天文台の職員になるのが、ミサの叶えたいことなのね」

「ううん、ちょっと違うかな」

「えっ？」と目をぱちくりさせるアリアに、はっきりと私は告げる。

「私の願いごとは『知識や経験のない私でも、天文台でお手伝いできる機会をください』だよ」

「ミサ……」

感心と驚きが混じったような反応をしたアリアに、私は決意を伝える。

「ふつうに考えたら、専門知識のない高校生なんて門前払いでしょ？　だから、せめて中に入れる機会がほしいなって。今の私にできることなんて、ゴミ捨てとか草むしりとかしかないと思うけど、そういうお手伝いをしながら勉強して、いつか正職員になる試験を受けたい。それで不採用ならあきらめるし、それより前に、自分には無理だと思って、やめちゃうかもしれない。でも、世界でも最大級の望遠鏡が星町に来るんだから、少しでも関われたらいいなって思った。それで、まだ観測できてない惑星を見てみたいし、いつの日か行われる『人類史上初の有人月面着陸』に少しでも関われたら最高だよね」

「そうね、それはとても素敵だと思う」

にっこり微笑《ほほえ》むアリアに、私は少し申し訳ない気持ちで言う。

「でもね、ここまで言ってなんだけど……星町の天文台で月面着陸の観測ができるのか、全然わかってないんだ」

「これから調べればいいのよ。楽しみね」

「うん！」と大きく頷いた私は、つづけて、おずおずとアリアに問う。「それから、じつはもうひとつ願いごとを思いついたんだけど……ふたつ有ってもいいのかな？」

「それはわたしが決めることじゃないけど……」

困り顔でそこまで言ったアリアは、ヒソヒソと私の耳元で囁《ささや》く。

「天の神様に代わって、わたしが許可してあげる」

今度は私がアリアの耳元に顔を近づけて、ヒソヒソ声で返す。

「ありがとう……」

そのとき、髪の隙間から、ずっと隠れていた彼女の耳が見えそうだったけど、私は目を逸《そ》らした。彼女の耳の先が尖《とが》っていてもそうでなくても、どっちでもいいと思ったから。

そして私は天の神様にバレないように――アリアだけに伝わるように、ちょっとだけ声を潜めてもうひとつの願いごとを言う。

「私にとって、こっちの方が、一番の願いかもしれない」

私は目を閉じると、遥《はる》か彼方《かなた》にある地球を想像して、胸の前で手を組み合わせる。

「カレンの願いが叶って、開発者になれますように」

流星群の夜、私はカレンにこの想いを伝えられなかった。お互いの健闘を祈って、再会を誓って別れるべきだったのに、さよならで終わってしまった。

「カレンなら、私の願いなんて関係なく、きっと叶えると思う。でも、彼女の夢に少しでも参加できるなら、私はうれしい。それで未来に、私は星町の天文台から、彼女が開発に携わったいろいろな成果を観測するの」

私は幼い頃からずっと彼女を見上げてきた。そしてこれから先も、ずっとそうしていたい。

ふたりの願いが叶えば、それは自然に実現する。

ふたつの願いを言い終えた私は、胸の奥に絡みついていたもやもやがほぐれているように感じる。

もちろん、願うだけじゃなくて、叶えなきゃいけないんだけど。

でも。

「願いごとをアリアに言ったら、叶う気がしてきた」

私が期待を込めて言うと、アリアはひらひらと手を振って否定する。

「やめてよ。わたしは神様じゃないの」

「吸血鬼？」

「そう。月の裏に住んでる吸血鬼よ」

フフッとアリアは手で口を押えて上品に笑って言う。

「ミサの願い、叶うといいわね」

「全部アリアのおかげだよ。学校で会えないままかと思ってたけど、会えてよかった」

私が感謝を込めてアリアの手を握ると、薄紅色《うすべにいろ》の瞳《ひとみ》がかすかに揺れた。そしてアリアは照れるように口元から小さな八重歯を覗《のぞ》かせて、可愛《かわい》らしくはにかんだ。

その姿がすごく優美で、月に宮殿があってお姫様がいるとしたら、アリアみたいな感じかなと私はふと思った。

チリン……

《――お客様にお知らせいたします。当列車は海王星を通過しました》

「もう窓を開けても大丈夫だよね？」

私は車窓を閉ざしていた鎧戸《よろいど》を開けた。

海王星が遠ざかってゆく。表面にあった不気味な暗い渦は消えてなくなっている。

地球を飛び出して、月、火星、木星、土星、天王星、海王星と巡り、惑星だけじゃなくて、多くの景色を見てきた。そして私はこの旅を、カレンに教えたいと強く感じた。

「今度カレンに連絡を取ってみようかな。願いごとの件もだけど、この不思議な体験を教えてあげたい。土星の耳の話もしたいしね」

引っ越し先の住所も電話番号も聞いてないけど、家族ぐるみの付き合いがあったから、親なら知ってるかもしれない。

ううん、知らなくても、何とか調べてみよう。

もしカレンと仲直りできたら、来年はカレンを星祭りに呼んで、アリアと三人で遊ぶのも楽しいかも……と思ったけど、よく考えたら来年は高校三年生の秋で、私たちは受験直前だ。泊まりがけで星町まで来てもらうのは厳しいな。それにアリアだって、勉強しなきゃいけないかもしれないし。

と、そこで私は、アリアの願いごとを聞いていないことに気づいた。

「ねえアリア、今度はあなたの願いを教えて」

「わたしの？」とアリアはぽかんとした。

「うん、私は教えたでしょ？　あなたは散々私に訊《き》いたんだから、答えてね。吸血鬼の話はなしだよ」

ちょっと強気に言ってやった。

するとアリアは少し寂しげな微笑《ほほえ》みを浮かべる。

「わたしの願いは、もう叶ったからいいの」

「じゃあ、その内容を言ってよ、ねえ」

私はアリアの服を引っ張ったり、二の腕を指でつついたりして答えを要求する。

「言えばいいのね」とアリアは呆《あき》れ顔で答える。「わたしの願いは、共和国と連合王国が仲良くなることよ」

「壮大すぎ……！　そういうのじゃなくて」

アリアのことをもっと知りたくてあれこれ工夫して問いただしてみるけど、猫じゃらしで遊ばれる子猫みたいに私はあしらわれてしまう。

「もう、ズルいなぁ……」

追及を諦《あきら》めて、私はぐたっとなる。

そこへ、チリン……と鈴の音が響いた。

《——つぎは、太陽系外縁天体、冥王星》

私は頭から冷水をかけられたように感じた。

授業中の居眠りで見た『死の星』が脳裏をよぎり、晴れかけていた心に暗雲が立ち込める。あの悪夢で、私は抗《あらが》えない絶望に落ちていった。もし今回もあんなことがあったら、どうしたらいいの。

「ミサ?」とアリアは心配そうに私を見て、小首をかしげた。

「悪夢を思い出したの……」

私の不安を察したのか、アリアは私の頭を軽くポンポンと叩《たた》いた。

「わたしがいっしょにいるでしょ」

「うん……」

そうだ、あの悪夢とこの星巡りは違う。

ひとりじゃなくて、隣にアリアがいる。

でも、恐怖は払われないまま、私たちを乗せた列車は海王星軌道の外へ出て、よりいっそう深い闇《やみ》の中へと向かっていく。

《——これより『彗星《すいせい》の巣』をとおり、太陽圏の辺縁に向かいます——》

〈九〉友情と祝福

星巡りの列車は『彗星《すいせい》の巣』へ入った。

《――無数の小惑星や氷、塵《ちり》などが密集したドーナツ状の領域。ここは短周期彗星の故郷であると考えられています》

彗星を見ていた私の首筋をひんやりとした空気が撫《な》でていった。体温を奪い去るような異様な冷たさで、全身に鳥肌が立った。

「ねえアリア、寒くなってきた気がしない？」

アリアは髪の先をいじりながら、気だるげに答える。

「太陽から離れてしまったからよ。ここは光や熱がほとんど届かない、極寒で暗黒の空間」

彗星の巣を抜けると、車窓は墨を塗りたくったように真っ黒になった。

「……この列車、星町に戻るんだよね？」

私が不安を口にすると、アリアは自信満々に頷《うなず》く。

「ええ、戻るわ」

列車の運行標識板に『星町と冥王星を往復』と書いてあったとアリアは言った。私は眠っていたせいで見ていないから、彼女の言葉を信じるしかない。無論、信じようと信じまいと、この列車に乗りつづけている以外に、ここから帰還する手段はないんだけど。

平常心を保とうと思っても、凍えるほどの冷気が足から腰へと這《は》い上がってきて、ぞっとするような恐怖が押し寄せてくる。

もし、戻れなかったらどうなるの？　悪夢のように、黄土色の不気味な『死の星』に引き寄せられて、列車がなくなって、宇宙に投げ出されたら――

ぶるっと身体《からだ》が震えた。

それは絶対にイヤだ。

あの悪夢では、私は「このまま宇宙の果てに行きたい」とか「死んでもいい」とか思ってた。

でも、今は違う。

天文台で働く夢を叶えたい。

カレンに謝って仲直りしたい。

だから早く地球に戻りたいのに、この列車に身を委ねるしかないなんて……。

こんな状況でもアリアは目を閉じて、静かに寝息を立てている。

私は無性に心細くなって、アリアに身体を寄せた。腕と腕が触れて、彼女の髪から香る甘い匂《にお》いで緊張が和らぐ。

アリアがいてくれてよかった。

もしひとりきりで星巡りに来てしまっていたら、願いごとも見つからず、孤独に負けてしくしくと泣きつづけて、途中で精根尽きていたに違いない。

私はアリアの手にそっと手を重ねた。冷気にさらされているせいか、細い指は氷のように冷たい。少しでも温めてあげたくて軽くさすっているうちに、もっと近づきたくなって、私は彼女の肩口に頭を置いた。それでも彼女は目を開かず、呼吸に合わせて胸を上下させている。

アリアに相手をしてほしくて、私は声をかける。

「ねえ、起きてる？」

「ええ」

「これからも学校には来ないの？」

「そうよ」

即答だった。

せっかく仲良くなれたんだから、私としては学校に来てほしい。だから、ちょっとしつこいかもしれないけど、もう少し突っ込んで訊《き》いてみる。

「でも、一回は学校に来たんだよね？　そのとき、もう行きたくなくなったの？　もし同級生の誰かがイヤなことを言ってきたら、私がちゃんと注意するから」

「イヤなことって？」

「ええと、アリアは吸血鬼だとか……って」

「ありがとう。でもわたし、もう学校には行けないから」

素っ気なくアリアは答えた。

だけど、私は聞き逃さなかった。

今、「行かない」じゃなくて、「行けない」って言った。その言い方に、私は割り切れない違和感を抱く。

「行けないって、なぜ？」

追及すると、アリアは物憂げにつぶやく。

「星祭りが終わったら、星町とはさよならなの」

「え……」

一瞬、息が止まった。

「……嘘《うそ》だよね……？」

また意地悪な冗談でしょ。

そう言ってよ。

凍りついた私に、アリアは目を閉じたまま、冷徹な声で告げてくる。

「ミサにとって、今までわたしはいなかったも同然でしょ？　だから、わたしがいなくなっても、あなたの生活は以前と変わらないわ」

「そんなことない……！」

私はアリアにすがりつき、訴える。

「もう変わったの！　アリアといろいろ話して、私――」

アリアが私を見た。その寂しげな瞳《ひとみ》に胸を刺されて、私はとっさに言葉を呑《の》んだ。

流星群の夜と同じ過ちを繰り返そうとしていた。それは絶対にダメ。彼女には彼女の理由や都合があるんだから。

猛省した私はアリアから身体《からだ》を離して、縮こまる。

「ごめんね、無茶言って。また引っ越すんだね……」

アリアは何も反応してくれなかった。

そのまま会話は途切れ、私と彼女のあいだに、重い沈黙が横たわる。すぐ隣にいるのに、何光年も離れてしまったような孤独を感じる。

チリン……

《――間もなく、太陽系外縁天体、冥王星に到着します》

死の星が迫ってくる。記憶の中の恐怖が膨らんで、頭が痛くなり、呼吸が苦しくなる。

目を閉じてやり過ごしたいけど、見ていなかったら、何もできないまま闇《やみ》に投げ出されてしまうかもしれない。

だから私は怯《ひる》む心に鞭《むち》を打って、覚悟を決めて窓の外に視線を向けた。

「……あれ？」

混乱して、私は目をごしごしとこすった。

冥王星は予想に反して可愛《かわい》いかった。

黄土色の表面を泳ぐ巨大な鯨《くじら》が、ぷかぷかと浮かんでいるハートに口づけをする。火山口からは輝く氷晶が噴き出していて、きらきらと美しい。その光景は『死の星』と呼ぶにはあまりにも童話的だ。

なんだか拍子《ひょうし》抜けしてしまった。

ううん、でも、油断しちゃいけない。他の星みたいに妙なものが出てくるかもしれないんだから、注意しないと。

「アリア、気をつけようね」

「そうね」とアリアは淡々と言った。

《――冥王星は月よりも小さく、惑星の座を失ってしまった哀れな星です》

音声もふつうで、悪夢のようには乱れない。

その点は少し安心したのだけど、車内放送の内容に私は引っかかった。

「待って。惑星の座を失ったって、どういうこと？」

《仮説では、外縁に巨大な第九惑星があるとされ――》

「そんなの初耳なんだけど……」

これまで読んだどの本にも、『冥王星は太陽系の第九惑星』と書いてあった。

私の疑問をよそに、第九惑星についての解説が機械的につづく。

ともかく、冥王星は可愛いままだし、星巡りは悪夢とは違うみたい。これならアリアの言うとおり地球に帰れそう。

と、思ったそのとき、冥王星の裏側から弧を描くようにして、黒い影がゆっくりと姿を現した。

「あれは……?」

目を凝らすと、一葉の小舟だとわかった。襤褸《ぼろ》を着て髭《ひげ》を生やした老人が櫂《かい》を手に、暗黒の海を漕《こ》いでくる。

「な、何……?」

私が戸惑《とまど》いの声を上げると、アリアが口を開いた。

「渡し守ね」

老人を乗せた小舟は滑るように列車に接近してくる。幽霊《ゆうれい》のように薄気味悪くて、私の胸に不安の影が差し込む。老人は落ちくぼんだ目でこちらを睨《にら》んでいる。生命を感じさせないその姿はまるで、命を取りに来る死に神。

ぞぞっと肌が粟《あわ》立つ。

本能的な恐怖を感じ、私は急いで窓の鎧戸《よろいど》を閉めようと手を伸ばす。でも鎧戸の立て付けが悪いのか、固くて全然閉まらない。

「もう、なんでっ……」

必死になる私の横で、アリアは珈琲《コーヒー》でも飲みそうなほどに落ち着き払っている。

「アリアも手伝ってよ!」

「大丈夫よ」

「大丈夫じゃないって！　来ちゃうよ！」

老人は私たちのいる車両に一直線に向かってくる。もう壊れてもいいからと私は渾身の力を込めて鎧戸を引っ張り、強引に窓を閉ざした。

「ふぅ、危なかった……！」

ひとまず視界は遮《さえぎ》った。私はアリアの隣に腰を下ろして、この先どうすべきか相談しようとしたところ、列車は速度を落とし、音もなく止まった。

チリン……

《──ゴ乗車……あ〟りが〟とウござ……〟〟……》

耳障《ざわ》りな雑音が入り混じり、声がひび割れている。

《──オ降り……〟〟客様は……渡し守に銀貨ヲ……オ渡しくだ〟〟サイ》

不穏な空気が満ちる。

「どこに隠れよう。あの不気味な老人、きっと、まだ諦《あきら》めてないよね……」

私が怯《おび》えていると、アリアはすっと立ち上がった。

「わたし、ここで降りるから」

「え？」

「あなたは座っていていいからね」

アリアの顔は平然としているけど、彼女の内側からにじみ出るやりきれない絶望を私は感じた。

私は怖くなって、責めるような口調で問う。

「星町に戻れるって、アリア言ったよね？」

「ええ、言ったわ。あなたは戻れるって」

訊《き》きたくないけど、訊かざるを得ない。

「……それは、どういう意味？」

「そのままの意味よ」

淡々と答えたアリアは切なげな視線を残して、座席の外に一歩踏み出した。

「待って！　行かないで！」

私が立ち上がろうと腰を浮かすと、アリアは私の肩に軽く手を置いて、押した。

「あっ……」

抵抗できず、私はすとんと腰を落とす。

「ミサ、これを見て」

アリアはポシェットを開けると、一枚の銀貨を取り出した。

「わたし、渡し賃は持ってるけど、星町へ帰るための切符はないの」

「私だって切符は持ってないよ」

「あるでしょ。ポケットの中に」

「だから持ってないって……」

そう言いながら、私はポケットに手を入れる。

指先が薄い何かに触れた。

慌てて取り出すと、それは草山丹花《ペンタス》の形の折り紙だった。

「なんで？　これ、光になって消えたはず……」

唖然《あぜん》とする私に向けて、アリアはさよならと手を振る。

「ここでお別れね」

「だめ！」

歩き出そうとするアリアに私は手を伸ばし、服の裾《すそ》を引っ張る。

「ミサ……」

アリアは困った顔をするけど、私は服を離さない。だって、この別れは、引っ越しの別れとは違う。ここで彼女を離したら、もう一生会えない気がする。

私は勢いよく立ち上がり、アリアに面と向かって言う。

「行くなら私もついてく……！」

しかし、アリアは首を横に振る。

「あきらめて。あなたは渡し守に追い返されるわ」

「やだよ！　いっしょに学校行こうよ……！」

私がいくら説得しても、アリアは降車するのが定めであるかのように態度を変えない。

「ごめんなさい、あなたとはいっしょにいられない」

「いやだ……アリアがいなくなったら……」

込み上げる想いを堪《こら》えようとして、私は奥歯を噛《か》みしめた。でも、堪えきれず、目から涙がぽろぽろと零《こぼ》れてしまう。

「私、またひとりになっちゃうよ……」

絞り出した声は震えていて、私はますます寂しさに襲われて、アリアの服を強く握りしめる。

アリアは私の手を振り払おうとせず、私に問いかけてくる。

「あなたの願いごとは何だったかしら？」

「今はそんな話してない……！」

「あなたの願いごと、もう一度、わたしに教えて」

私が唇を噛んで無言でいると、アリアは私の頰《ほお》を流れる涙を指先で拭《ぬぐ》って、真剣な眼差《まなざ》しで見つめてくる。

「ミサ、教えて」

私は溢《あふ》れてくるものをアリアにぶつける。

「天文台で働くことだよ！」

すると、アリアは瞳《ひとみ》を揺らして、にこっと微笑《ほほえ》んだ。

「星空の彼方《かなた》にいるわたしを探して。約束よ」

「アリアっ……！」

私が彼女の服を引っ張ると同時に、アリアは私を引き寄せた。背中に両手を回されて、ぎゅっと抱きしめられると、私の身体《からだ》から力が抜けていく。頭ひとつ高い彼女の肩に私は額をつける。彼女の吐息を耳元に感じ、甘く華やかな香りに包まれていると、心の痛みが溶けていく。

アリアは私の頭を撫《な》でながら、星明かりのように優しい声で言う。

「短いあいだだったけど、楽しかったわ。ありがとう」

「ありがとうは、私の方だよ……！」

泣き顔を見られたくない私は、アリアの肩に額を押し当てたまま、できるだけ明るい声で言った。想いを伝えたくて抱きしめ返しても、なぜか彼女の体温や鼓動を感じなかった。

次の瞬間、アリアはすっと私から身体を離した。ぐずぐずに泣いているのが恥ずかしくて、私は顔を逸《そ》らそうとしたのだけど、アリアが私の顔に両手を添えてきたから動けなくなってしまった。そして、アリアはゆっくりと顔を近づけてきて、私の額に優しく口づけをした。

「あ……」

びっくりして涙も止まってしまった私に、アリアは悪戯《いたずら》な笑みを投げた。

「友情と祝福の証《あかし》。それじゃ、お元気で」

頬をうっすらと桜色に染めたアリアはくるりと背を返した。

私は立ち尽くして、彼女を見送る。

アリアは舞台を降りる名女優のように凛《りん》と背筋を伸ばし、通路を歩いてゆく。彼女が通りすぎると壁に据えつけられた洋灯《ランプ》は光を落とし、やがて、車内は闇《やみ》に包まれて、アリアの姿も見えなくなった。

暗闇《くらやみ》に、私はひとり取り残された。

でも、不思議と怖さを感じない。

自分の鼓動が聞こえるほどの静謐な世界に、清らかな鈴の音が響き、彼女の囁《ささや》きが聞こえてくる。

〈——花を枯らさないようにね、ミサ〉

去り際、最後に見えた彼女の薄紅色《うすべにいろ》の瞳《ひとみ》は、涙で潤んで赤くなっていた。

〈十〉宇宙の彼方へ

身体《からだ》が水中に浮いているみたいにふわふわしてる。

目の前は真っ暗で、何も見えない。

寒さが肌を刺してくる。

…………リ……ン……

遠くで、小さな鈴の音がする。

「……ん?」

ぼやける視界のなかに、工事用の金網が見える。

「あれ……」

今どこにいるのかわからなかった私は、ぐるりと見回して、ようやく把握した。

ここは天文台の丘だ。

私が腰かけているのは列車の座席ではなくて、広場に置かれた丸太。

鈴の音に聞こえたのは、鈴虫の鳴き声。

星巡りは……?

私は月の輝く夜空を見上げて、朧気《おぼろげ》な記憶をたどる。

「……あっ!」

私はハッとなった。いっしょに旅をしてた彼女がいない。

「アリア……!」

名前を呼んでも、返事はない。

「待って、待ってよ……」

この丘にいっしょに上がってきたのは間違いない。それで、ここに座って、彼女にもらった惑星クッキーを食べた。

私はアリアが座っていたはずの場所に手を置く。そこには夜の冷たさがあるだけで、亜麻色《ブロンド》の髪の少女は影も形もない。

「……わかった！　隠れて脅かそうとしてるんでしょ？」

そうであってほしいと思いながら、丘の上を歩き回ったけど、アリアはどこにもいない。

広場の真ん中で、私は立ち尽くす。

「どうしよう……」

本当に宇宙の果てに旅立ってしまったの？

それとも、私は夢か幻を見ていただけ？

ううん、そんなわけない。額に触れた唇の柔らかな感触を、私は覚えてる。それに星巡りだって、鮮明に風景を思い出せる。

とにかく、丘の上にはいないみたいだ。

私は薄暗い石段を降りながら、彼女の姿を捜す。木の根っこに何度も足を引っかけて、なんとか下まで降りたけど、やっぱりいない。道ばたには私の自転車が何事もなかったかのように置かれている。

胸騒ぎがしてならない。

だからって、警察に行って「宇宙の旅から帰ってきたら、同級生がいなくなった」なんて訴えたところで信じてもらえるわけがない。そういえば、私はいったいどのくらい丘の上にいたんだろう。下手《へた》したら私自身が警察に捜索されてる。

慌てて腕時計に目をやる。

午後八時一六分。星巡りのあいだは時計は止まっていて、午後八時九分をずっと指していたはず。今、秒針は動いてる。すごい長旅だったはずなのに、時間はまったく経過してない。もしかしたら、別の日の午後八時一六分かもしれないけど、そんなことを今考えても仕方ない。少なくとも私の自転車は、丘に上がる前に停めた場所にある。

私はアリアを捜しつづけるか迷ったけど、とりあえず、一度家に帰ることにした。

午後九時少し前に家に着いた。親は帰宅してなくて、作り置きの夕飯が塾に向かったときのままの状態で置いてある。星祭りから帰る人たちも見かけたし、どうやら日にちも経過してない。

夕飯を温めながらお風呂にお湯を張っていると、突然、強烈な睡魔に襲われた。太陽系の果てまで旅をしたんだから、疲れて当然だ……。

☆☆☆

「ああっ、遅刻するっ！」

翌朝、寝坊した私は朝ご飯も食べず、お弁当と水筒を鞄《かばん》に突っ込むと、大慌てで家を飛び出した。母曰く、何度も揺すり起こしたのに全然起きなかったらしい。夕飯を食べずに眠っていたらしいけど、私はどうやって布団《ふとん》に入ったのかまったく記憶がない。

自転車を飛ばして、始業時間三分前に学校に到着した。私はアリアが登校していることに一《いち》縷《る》の望みをかけて、教室の扉を開ける。

「あれ……？」

入ってすぐに違和感を覚えた。私の席の後ろにあるはずの、アリアの席がなくなっている。

彼女に対する同級生の嫌がらせ？

それとも、「町を出る」と言ってたけど、もう行ってしまったの？

どうしたのだろうと不審に思いながら、私は自分の席に近づく。

すると、「洋館には吸血鬼が住んでるらしい」と同級生が話す声が耳に入った。

またアリアの陰口を叩《たた》いているのかと私は呆《あき》れる。でも、もし、それで彼女の席を隠したのなら許せない。

私は勇気を出して同級生に話しかける。

「あの、みんな。アリアは、そんな子じゃないよ」

同級生たちは私に驚いたような顔を向けた。いつもは影のように素通りする私が口出ししたことを意外に思ったのだろう。私はひるまずに、少し強い調子で言う。

「アリアは吸血鬼なんかじゃないから」

「……アリア?」「誰?」

みんなは顔を見合わせて首をかしげ、私を訝《いぶか》しげに見てくる。何かがおかしいと感じた私はおそるおそる問う。

「誰って、アリアは、私の後ろの席にいたでしょ……?」

「は?」「一番後ろはミサじゃん」「怖いんだけど」

いったい、どういうこと?

アリアの席があるはずの空間を見つめていると、同級生は半笑いで私に話しかけてくる。

「ミサ、もしかして寝ぼけてる? 髪も寝癖がひどいけど」

彼女たちの相手をしてる場合じゃない。

「吸血鬼が住んでるって噂《うわさ》の洋館、どこにあるの?」と私は率直に訊《たず》ねた。

彼女たちは困惑しつつも教えてくれた。

洋館は、星町の東部、山の麓《ふもと》にある蛍の生息地の近くにあるらしい。詳細な場所は不明で、深い森のどこかという話だ。その地域は学校からは遠くて、往復するだけでも一時間はかかる。

胸が痛くなるほど心配なのに、これから授業が始まる。今すぐ飛んでいきたいのに、放課後まで待つしかないなんて……。

始業の鐘が鳴って、同級生たちがガタガタと席に着く。そんな中、私は気持ちを抑えきれずに、教室を飛び出した。

木枯らしが吹きすさぶ銀杏《いちょう》並木を、私は自転車で全力疾走《しっそう》する。

授業をサボるのなんて初めてだ。あとで先生に叱《しか》られるだろうし、同級生からは詮索《せんさく》されるだろう。

でも、行かなきゃいけない。

噂の洋館が本当にあるかどうかも疑わしいけど、きっと洋館はあって、そこにアリアはいる。いないわけがない。昨日いっしょに旅をしたんだから。

三〇分ほど自転車を漕《こ》ぎつづけ、息が上がって汗だくになりながら、私は蛍の生息地に辿《たど》り着いた。苔むした木々のあいだを縫って清流が流れ、街では聞かない鳥の声が響いている。

洋館のくわしい位置はわからないので、私はうろうろと探し回る。誰かに訊《き》きたくても、周囲に民家はまったくなくて、人の気配がない。

未舗装の道をひたすらに走り、水筒のお茶を飲み干して喉《のど》がからからに渇いた頃、道から離れた深い森の中に、それらしき洋館の屋根を見つけた。

「あった！」

私は自転車を飛び降りて森に分け入り、道なき道を駆ける。

不安と期待で鼓動が高鳴る。

そして、私の目に飛び込んできた洋館は、まさに吸血鬼の住処《すみか》と言えるものだった。

館を囲んでいる鉄柵《てつさく》は錆び、玄関は板で封じられ、壁一面が蔦で覆われて、窓硝子《がらす》は割れている。薄気味悪い雰囲気は、吸血鬼のイメージと合致する。でも、それは怪異の吸血鬼のイメージであって、この廃屋に誰かが住んでいるとは到底思えない。

私はがっくりと肩を落とした。

単なる噂《うわさ》だったんだ。

けれど、私はあきらめきれず、他人の住居に侵入するという罪悪感をねじ伏せて、半壊した門をくぐる。

庭は雑草に占拠されて荒れ放題で、館の裏へ回ってみる。

しかし、誰もいない。

ひゅうと冷たい北風が吹き、枯れたすすきの穂が揺れる。寂しい孤独が胸に食い込み、膝《ひざ》から力が抜けて、私はその場にへたり込んだ。

「あはは……私、何してるんだろ……」

背中の汗が冷えて、体温を奪っていく。茫然《ぼうぜん》自失となっている私に、太陽の光が降りそそぐ。見上げると、透きとおるような青空が広がっている。

昨夜、私はアリアとあの空の向こうを旅した。

そんなこと、誰かに言っても信じてもらえないだろうな。

でも、星祭りの奇跡を、私は信じる。

天文台で働きたいという、今の気持ちは本当だから。

願いを叶えるために、まずは勉強をがんばろう。もっとたくさん本を読もう。それで再来年の春、受験が終わったらカレンに会いに行くんだ。

こんなふうに考えられるようになったのは、全部アリアのおかげ。

彼女の微笑を思い出すと、彼女に口づけされた額がふわっと温かくなった。

そうだ。彼女と交わした約束を果たすためにも、願いごとを絶対に叶えなきゃ。

「一度お別れしたのにこんなとこまで来ちゃって、ごめんね」

私は苦笑いを浮かべて、よいしょと立ち上がった。

学校へ戻ろうか迷ったけど、授業は上の空になりそうだし、いろいろ詮索《せんさく》されるのも面倒なので、体調が悪くて早退したということにしよう。明日、おかしな噂が広まってるかもしれないけど、好きに言わせておけばいいし、あまりにひどければ否定するだけだ。

さてと、家に帰ろう。

と、門に向かった私は、思わぬものを見つけてハッと足を止めた。

生い茂った草木に隠れるように、薄紅色《うすべにいろ》の薔薇《ばら》が一輪咲いている。

入ってきたときは全然気づかなかった。

雑草を踏み分けて、薔薇の前にしゃがんで目線を合わせる。淡いのに鮮やかな色、甘く華やかな香り。天に向かって美しく咲く姿はまさしくアリアだ。

「アリア……」

私は本能に導かれるように、薔薇に手を伸ばす。

「……っ！」

触れた瞬間、指先にちくっと痛みが走った。鋭い棘《とげ》に刺されてしまい、針の穴ほどの傷口に、ぷくりと小さく血が膨らむ。

私は指先を口につけて血を舐《な》め取り、じーっと薔薇を見る。

「意地悪なの、やっぱりアリアだ」

抜いて家に持ち帰りたいけど、枯らしてしまいそうなので我慢する。

そして私は最後に、彼女に想いを返す。

棘に触れないように気をつけて、薔薇の花を軽く引き寄せると、薄紅色の花びらにそっと口づけをした。

☆☆☆

洋館からの帰り道、なんとなくひとりで風に当たりたかったのだけど、音川《おとがわ》の河川敷は祭りの片づけをしていて、制服姿では補導されそうなので、私は仕方なく真《ま》っ直《す》ぐに星町ハイツに戻り、いつもの帰宅時のように郵便受けを開けた。

すると、私宛に桜色の封書が届いていた。

可愛《かわい》い色だ、誰からだろう。

何気なく差出人を確認した私は、「えっ!?」と飛び上がらんばかりに驚いた。

カレンからの手紙だ。住所も引っ越し先のものが書いてある。

突然の便りに、よろこびよりも戸惑《とまど》いが勝る。

何が書いてあるんだろう……。

今すぐ開封したい気持ちを抑えて私は自宅に駆け込み、誰もいない居間を横目に自分の部屋に入り、扉をしっかり閉める。

机の前に姿勢を正して座り、ゆっくりと封を開ける。

折りたたまれて入っている便箋《びんせん》を取り出すと、草山丹花《ベンタス》の押し花がはらりと落ちてきた。私はひとつ大きく息を吐くと、期待と不安が入り交じる感情を抱えて、便箋を開く。

『大好きなミサへ』


たった一行で胸がいっぱいになり、瞳《ひとみ》がじわりと潤んでしまう。

嫌われてなかったんだ。

幼い頃から見慣れたカレンの文字が懐かしくて、ほっと安心する。

『流星群の夜、怒ってごめんね。ずっと謝りたかった』

「謝りたかったのは私なのに……」

『それで、もうひとつごめん。ミサがこの手紙を読んでるとしたら、あたしはもう星になってるの』

「え……？」

意味が摑《つか》めず、混乱しかけた私の目に、つぎの文が入った。

『じつはあたし、中学を卒業したあと、ずっと入院してた』

息が詰まった。

つづきを読みたくない。

絶対に良い内容じゃない。

「いやだ……」

きっと悪い冗談。

頭も心も読むことを拒絶する。

手紙を置き、ぎゅっと目を閉じる。

すると、流星群の夜の光景が、まぶたの裏に鮮明に浮かぶ。

――さよなら。桜色のマフラーを巻いたカレンは真っ赤に潤んだ瞳で私を見ると、天文台の丘から降りていった。


あのときから、私の時間は止まっていた。

そして、あの夜のつづきが、手紙には綴《つづ》られている。

嫌われてたと思っていたのに、大好きと書いてある、この手紙に。

「……読まなきゃ」

覚悟を決めて、再び手紙に目を落とす。

ところどころ文字がにじんでいるのは、きっとカレンの涙のあと。

大好きなカレンが想いを込めて綴った言葉を、私はひとつひとつ、大切に読んでいく。

大好きなミサへ

流星群の夜、怒ってごめんね。ずっと謝りたかった。
それで、もうひとつごめん。
ミサがこの手紙を読んでるとしたら、あたしはもう星になってるの。
じつはあたし、中学を卒業したあと、ずっと入院してた。
引っ越したのは、有名な病院へ入院するため。
病気のことを隠したのは、心配されたくなかったから。
大学受験までには治ると思ってた。
飲めなかった牛乳も、入院中はがんばって飲んだよ。
でも、やっぱり最後まで嫌いだった。
病室から毎晩夜空を見てたんだけど、星町の夜空のほうが、ずっときれいだった。
いつか星町に戻りたかったんだけどね。
星祭りにもまたミサと行きたかったな。

あたし、惑星クッキーを食べながら想像してたんだ。
ミサといっしょに宇宙旅行をする未来を。

星祭りの夜。
流星群を見た丘から、星巡りの列車に乗って、月へ向けて飛び立つの。
月に吸血鬼がいるって話、小学校のとき、ミサはすごく怖がってたよね。
「うさぎが血を吸われちゃう」って泣いてた。
人類が月面に着陸する瞬間、あたしの代わりに見てね。

月のつぎは、荒涼とした火星。
これ、ミサに言うと怖がりそうだから秘密にしてたんだけど、
火星人が争ったせいで、血で真っ赤になったの。

木星に行く前に、小惑星帯を通りすぎるよ。
ここには、あたしの好きな歌劇《オペラ》から名づけられた星があるの。
ミサは歌劇はあんまり好きじゃなかったでしょ（眠そうに聴いてたの知ってた）。
だから、その星の名前は秘密。

大きな大きな木星。

略奪婚の神話を読んだら、この星が嫌いになった。
ミサは恋人できた？　あたしは結局ゼロ。

土星には耳がある。
昔、おかしな土星の絵を描いたの覚えてる？
まだあの絵は捨てずに取ってあるよ。

すごく遠くにある天王星、海王星、冥王星。
いったい、どんな惑星なんだろう？
残念だけど、あたしは知ることができないから、想像するだけ。
でも『死の星』なんて名づけるより、かわいい方がいいのにね。
きらきら輝くハート型の惑星とかあってもよくない？

ねえミサ。
どうして流れ星に願いごとをするのか知ってる？
流れ星は、天の神様の光だからだよ。

天の神様が地上を観察するために扉を開いたとき、
その隙間から差し込む光が流れ星なんだって。
あたしは神様なんかじゃないけど、ミサの願いが叶うように、天から祈ってる。
だから暗い夜でもうつむかずに、星や月を見て。
あたしの宇宙の話につきあってくれてありがとう。
短いあいだだったけど楽しかったよ。
じゃあ元気でね！
ミサの願いごとが叶いますように！

☆彡☆彡☆彡

宇宙の彼方《かなた》にいるカレンより

手紙を持っている手が震えて、涙がぽたぽたと滴り落ちる。

「全部、カレンだったのかな……」

不思議な旅を思い出して、私はしばらく抜け殻のようになっていたけど、何度も手紙を読み返すうちに、胸の奥で熱いものがふつふつと滾《たぎ》り始めた。

それは、私だけの気持ちじゃない。

零《こぼ》しそうになった息を深く飲み込む。もう、ため息は吐《つ》かない。

涙を拭《ぬぐ》うと、窓の方へ向かう。

上空では太陽が燦々《さんさん》と輝き、町を明るく照らしている。

私は胸の前で手を組み、爽《さわ》やかに晴れ渡った空を見上げ、固く誓う。

「願いごと、絶対に叶える」

星町の天文台で、あなたが知ることのできなかった未知の惑星を観測する。

あなたが見られなかった有人月面着陸を観測する。

宇宙旅行が実現するための手助けをする。

「だから、見ててね。私もあなたを見つけるから」

小さな地球の小さな町から宇宙の彼方《かなた》へ向けて、私は大きく手を振った。

〈了〉

声劇

「銀河鉄道の夜を越えて×月とライカと吸血姫（星町編）」

シナリオ

声劇
「銀河鉄道の夜を越えて×
月とライカと吸血姫（星町編）」

［原作・脚本・演出］
牧野圭祐

［イラスト・キャラクターデザイン］
かれい

［出演］
ミサ
伊達朱里紗

アリア／カレン
天海由梨奈

車内放送
Chiho（H△G）

［音楽・演奏］
H△G（dreamusic,Inc）

［声劇ライブ総合プロデューサー］
丹羽文基（+design）

一．【プロローグ（二〇一九年）】

字　幕「二〇一九年三月二三日」
字　幕「老朽化により閉鎖が決まった星町天文台」
字　幕「天文台の前で、ひとりの女性が星空を見上げている」
　（※以下『M』はモノローグ）
ミサM「ねえ、あの日のこと、あなたは覚えてる？　私は覚えてるよ」
ミサM「だって、今があるのは、あなたのおかげだから」
　少しの間。
字　幕「これは、今から半世紀以上も前の話。人類が月に降り立つ前の物語――」

☆☆☆

二．【星町】

字　幕「一九六四年、星町。星祭りの夜」
ミサM「あの頃、まだ一七歳だった私は、将来が不安で、ひとりで暗闇《くらやみ》をさまよっていた」

ミサＭ「そんなときだった。アリアと出会ったのは」
アリア「あなたも『星巡り』に行くの？」
ミサＭ「外国から転校してきて以来、ずっと欠席してるアリアは、その見た目だけで『吸血鬼』だと噂《うわさ》されてた。それで、突然声をかけられた私は戸惑《とまど》ってたんだけど……」
アリア「ミサ、聞いてる？」
ミ　サ「あっ、うん。でも、星町ステーションって、どこにあるのか、わからなくて……」
アリア「わたし知ってる。ついてきて」
ミサＭ「初対面が苦手な私は壁を作ってたのに、彼女はすっと心に入ってきて……」
アリア「ねえ、ミサが手に持ってる花って」
ミ　サ「うん。ペンタス。さっき、星祭りの河原でもらったの」
アリア「ペンタスの花言葉、知ってる？」
ミ　サ「願いごとや夢が叶う……」
ミサＭ「それは、星の形をした花を、流れ星になぞらえたもの」
アリア「じゃあ、あなたが叶えたい夢は何？」
ミ　サ「私の……？」
ミサＭ「私は、悩みを相談できる相手がいなくて、ひとりで抱え込んでた」
ミ　サ「私の夢は……」

アリア「あっ、出発の時間みたい」
ミ　サ「(何の音かわからない) 何の音？　どこから来るの？」
アリア「夢の話は、また後で。さあ行きましょう。夜空をかける列車に乗って、宇宙の果てまで、翼を広げて、夢の彼方《かなた》まで――」
暗転。

【♪演奏『ゆめわずらいのバードマン』】

☆☆☆

三．【月】

※車内放送は声のみ。
銀河鉄道に乗車しているミサとアリア。

車内放送「お客様にお知らせいたします。当列車は星町ステーションを出発し、星巡りへと旅立ちました」

ミサM「気づいたら、私は宇宙を旅する列車に乗ってた。こんなの、きっと夢だろうけど……

もしかしたら、星町に伝わる『奇跡』かもしれない」
少しの間。
ミサM「『星祭りの夜には、奇跡が起きる』」
ミ　サ「星がほんときれい……。星の海って、こんな景色を言うんだね……」
アリア「ミサ」
ミ　サ「なに？」
アリア「あっちを見て。月よ」
ミ　サ「！……」
ミサM「見た瞬間、胸がギュッとなった。望遠鏡で見るのとは全然違う。宇宙の暗闇《くらやみ》に、みんなが目指す宝石がぽっかりと浮かんでた」
アリア「ミサ」
ミ　サ「（夢中で見ている）……」
アリア「ミーサ」
ミ　サ「……」
アリア「ミサ！」
ミ　サ「っ！　ごめんなさい！　え、えっと……？」
アリア「あなたの夢の話のつづきを教えて」

ミ　サ「あ、それは……その……」
アリア「宇宙関係の職業に就くこと？」
ミ　サ「どうしてわかったの!?」
アリア「わたしの声が届かないくらい、夢中だったし」
ミ　サ「(恥ずかしい)はぁ……」
アリア「どういう仕事をしたいの？　宇宙飛行士？」
ミ　サ「まさか！　なれるわけないよ！」
アリア「だったら開発者？」
ミ　サ「ん……でも、私の頭じゃ、有名な大学には入れそうにないし」
アリア「入試までまだ一年あるでしょ？」
ミ　サ「……でも、やっぱり、難しいよ」
アリア「どうして？」
ミ　サ「もし大学に入れても、開発者なんて、すっごく狭き門だから」
アリア「それなら、さっさとあきらめたら？」
ミ　サ「今、何て……？」
アリア「無理なんでしょ。やめればいいのに」

動揺するミサ。

ミ　サ「そ、そんな、いきなり……」
アリア「ふふっ、冗談よ」
ミ　サ「なっ、なんで……」
アリア「じゃあ、『ミサなら大丈夫！　がんばれ！』って背中を押されたかった？」
ミ　サ「……ううん」
　暗転。
ミサM「夢なのに、夢にしたくない。それはきっと怖いから……」

【♪演奏『アイロニ』】

☆☆☆

四．**【火星】**

車内放送「お客様にお知らせいたします。当列車はまもなく火星に到着します」
ミ　サ「火星か……」
アリア「知ってる？　大昔から、火星は『不吉な星』とされてきたのよ」

ミ　サ「不吉？」
アリア「赤い色が、戦争の炎や、血の色を想像させるから」
ミ　サ「こわいこと言わないでよ……」
アリア「でも、今も争っているわ」
ミサＭ「火星に近づくと、見たこともない生き物が殺し合いをしてるのが目に飛び込んできた。傷口から流れ出た血で地表が赤く染まってく。それはとても不気味で、恐怖が背筋を這《は》い上がってきた……」
アリア「地球も、核戦争が起きたら、あんなふうになるかもしれないわ」
ミサＭ「地球では二年前、東西の大国が争ったせいで、核戦争の危機が起きた。あのとき、私は中学三年生だった。核ミサイルが落ちてくるのが怖くて、ただひたすら祈ってた。その少し前までは、家も学校も面倒で、『地球なんか爆発すればいい！』って思うこともあったのに……死にたくない……って願った」
アリア「でも、戦争じゃなくたって、いつ死ぬかわからないわ。交通事故や、病気、天災……それを考えると、普通の毎日がとても大切に思えてくる」
ミ　サ「あっ、それ。同じようなことを、カレンに言われた」
アリア「カレン……？」
ミ　サ「幼なじみの女の子。カレンは中学を卒業すると遠くに引っ越しちゃって……（複雑な気持ちで）もうずっと連絡も取ってないんだけどね」
ミサＭ「友だちの少ない私にとって、彼女は、たったひとりの親友だった。でも私は……」
暗転。
ミサＭ「彼女のことを考えると、心臓がとくんと鳴った」

【♪演奏『心拍数#0822』】

☆☆☆

五．【木星】

車内放送「まもなく木星です。直径は地球の約一一倍、質量は約三一八倍という、太陽系で最大の惑星です」
ミサＭ「木星はあまりにも大きくて、オーロラは怖いほど美しくて、ちっぽけな私は消えてしまいたい気持ちになった……」
アリア「ミサ、どうしたの？」
ミ　サ「あっ、ううん。木星の大きさに圧倒されちゃった……」

アリア「それだけ？」
ミ　サ「え？」
アリア「引っ越した子のことでも考えてるのかと思った」
ミ　サ「どうしてそう思うの……？」
アリア「寂しそうだったから」
ミ　サ「……寂しくないって言ったら、嘘《うそ》かな。彼女……カレンとは、いつもいっしょだったし。宇宙飛行士の講演を見て、宇宙についてもたくさん話した。『いつか宇宙旅行できる日が来るといいね』なんて……」
アリア「彼女も宇宙に夢を見ていたの？」
ミ　サ「うん。でも私と違って、カレンなら何にでもなれると思う」
アリア「ずいぶん評価してるのね」
ミ　サ「だって勉強も運動も学年一番で、かわいくて人気者で、生徒会長もやってて……（思い出し笑いで）ふふっ……あはは」
アリア「どうしたの？」
ミ　サ「カレンは完璧そうなのに、牛乳だけは苦手で飲めなくて、給食でいつも困ってた」
アリア「ふふっ、牛乳……」
　カレンを思い出すミサ。

ミ　サ「……私、カレンが本当に好きだった。引っ越すって聞いたとき、泣いちゃったくらい……」
アリア「それなのに、連絡を取らなくなったの?」
ミ　サ「私のせい、なんだけどね……」
言いにくいが、ミサは話す。
ミ　サ「中学を卒業したあとの春休み。カレンが引っ越す直前に、ふたりで流星群を見に行ったの。あのとき、私は馬鹿なことを言って、カレンを怒らせちゃって……」
暗転。

ミサM「最後に言われた『さよなら』が、いつまでも頭のなかに響いてた。カレンの瞳《ひとみ》は涙で潤んで、真っ赤になってた」

【♪演奏『星見る頃を過ぎても』】

☆☆☆

六.【土星】

車内放送「当列車はまもなく土星に到着します」
ミサＭ「星巡りをしているにもかかわらず、いつしか私は、カレンのことばかり考えていた……」
アリア「流星群を見に行ったとき怒らせたって、何を言ったの？」
話しにくいが、ミサは話していく。
ミ　サ「流れ星に願いごとをしたんだけど、その内容が、ちょっとね……。私、カレンと離れたくなくて、『カレンの引っ越しが中止になりますように』って……」
アリア「それで、怒られた？」
ミ　サ「……でも怒って当然だよ。だってカレンは、引っ越したら有名な高校に入って、宇宙への階段を上がろうとしていたんだから」
アリア「そうなのね……」
ミ　サ「今思うと、私、自分勝手すぎるよね。あんなに怒ったカレンを見たの、初めてだったもん……」
アリア「そんなに彼女と離れたくなかったの？」
ミ　サ「うん。カレンのいない毎日なんて、想像できなくて……」
アリア「それは彼女も同じ気持ちだったかもしれないわ」
ミ　サ「でも……カレンは私のこと、正直面倒くさいって思ってたんじゃないかな……」

アリア「どうして?」
ミ　サ「私ってほんとに弱虫で……すぐに泣いて、なんでもカレンに頼ってたから。カレンは優しいから文句を言わなかっただけで……引っ越してから、連絡も来なくなっちゃったし……」
アリア「待って」
ミ　サ「ん……?」
アリア「わたしは、彼女だってあなたと離れたくなかったと思う」
ミ　サ「なんでそう思うの……?」
アリア「だって、引っ越しの前に、あなたと流星群を見ることを選んだんでしょう?　それは彼女なりの気持ちだったんじゃないかしら」
すっかり落ち込んでいるミサ。
ミ　サ「でも、私がカレンを傷つけたのは、もう変わらないから……」
アリア「いつか、傷は癒《い》えるよ」
ミ　サ「……ありがとう……」
ミサM「カレンが地球だとしたら、私はその周りを回る月。カレンが太陽だとしたら、私は光を与えてもらえる星。彼女の存在が私をずっと支えてた」

ミサM「私はずっと弱いままで……彼女みたいに強くなりたいと願っていた……」
　暗転。
【♪演奏『冬の唄』】

☆☆☆

七．【天王星】

車内放送「美しい青色の惑星、天王星。太陽系の果てに近づいてきました」
アリア「ねえミサ。ここまで旅して、どんな気分？」
ミ　サ「宇宙は神秘的で、きれいだけど……暗闇《くらやみ》に吸い込まれそうな、自分が消えちゃいそうな怖さもある……。（少し声を明るくして）でも、今一番思うのは、この景色をカレンにも見せてあげたいってことかな」
ミ　サ「『星祭りの奇跡』……カレンにも起きたらよかったのに。だって彼女の願いごと、『宇宙船の開発者になる』だもん。それに比べて私、『引っ越さないで』……って。そりゃ、怒っちゃうよね……」

アリア「あなたは、流れ星に『開発者になりたい』って願おうと思わなかったの？」
ミ　サ「……思った。カレンといっしょにお仕事ができたら素敵だなって」
　自嘲《じちょう》するミサ。
ミ　サ「でも、私には無理だから」
アリア「ひとついいかしら？」
ミ　サ「なに？」
アリア「あなた、本当は宇宙に興味ないでしょ」
ミ　サ「え!?」
アリア「宇宙が好きなカレンの真似《まね》をしてるだけ」
　アリアに追及されて、ミサは徐々に苛立《いらだ》つ。
ミ　サ「そんなことないって」
アリア「いいえ。あなたは彼女に合わせてただけ」
ミ　サ「違うよ！　私だって好きなんだから！」
アリア「好きって、夢を見ようとしてる自分が？」
ミ　サ「なにそれ!?」
アリア「大好きな子に捨てられてかわいそうなわたし。そんな自分が好きなんでしょ」
ミ　サ「違うってば！　そもそも私は自分のことなんて大嫌いだから！」

アリア「じゃあ何が好きなのかしら？」
ミ　サ「宇宙って言ってるじゃん！」
アリア「宇宙？」
ミ　サ「そうだよ！」
アリア「漠然としてて嘘《うそ》っぽいのよね」
ミ　サ「あぁもう！　星も月も太陽も全部全部好きなのっ！」
アリア「……んっ、ふふっ（堪《こら》えきれず笑いがこぼれる）」
ミ　サ「なんで笑うの！」
アリア「だって、『好き！』って勢いのわりに、諦《あきら》めてばかりなんだもの」
ミ　サ「っ……！」
ミサＭ「返す言葉がなかった。私は結局、夢を追うカレンの隣にいただけだから……」
　少しの間。
ミサＭ「私が将来やりたいことって、なんだろう……」
　暗転。
ミサＭ「もし、またカレンと会えるなら、じっくり話してみたいな……」

【♪演奏『銀河鉄道の夜を越えて』】

☆☆☆

八．【海王星】

ミサM「星の海のなかで、私は夢について考えつづけた」
　自問自答するミサ。
ミサM「どうして宇宙が好きなんだろう？　私はカレンの影響を受けているだけなの？」
　少しの間。
ミサM「……ううん、そんなことない。好きな理由はわからないけど、きれいな星空を見上げて、望遠鏡で星座を探すのは、すごく楽しい」
　ミサ、気づく。
ミサM「あっ。それなら……」
車内放送「ここは海王星。もう地球からは肉眼で見えない領域です」
ミ　サ「ねえ、アリア。私ね、見つけた。私がやりたいこと」
アリア「なあに？」
ミ　サ「天文台で働けたらいいなって」

アリア「星町の天文台？」
ミ　サ「うん。この海王星もだけど、宇宙は知らないことであふれてるでしょ？　それを観測したいの。それからね。将来、カレンが開発した宇宙船を、私は地上から見るの」
アリア「すてきね。いいと思う」
　ミサは照れ笑いする。
ミ　サ「ところで……アリアは、流れ星に願うなら、何を願うの？」
アリア「わたし？」
ミ　サ「だって、ずるいよ。私のことばっかり聞いて」
アリア「願いなんてないわ。だって、もう叶ったから」
ミ　サ「叶った……？」
アリア「ええ」
ミ　サ「（納得いかない）アリア、ずっと学校休んでるけど、来れない理由とかあるんじゃないの？　それを解決するとか……」
アリア「けっこうよ」
ミ　サ「（呆《あき》れて）もう……。でも、せっかく、こうやって話せるようになったんだから、学校に来てほしいな。もしクラスメイトが変なこと言ったら、私が怒るから」
アリア「ありがとう。でも無理。わたし、もうすぐ星町を出なきゃいけないから」

ミ　サ「……出るって？」
アリア「ううん、気にしないで。星巡り、最後まで楽しんでね」
　暗転。

【♪演奏『アオイハルカゼ』】

☆☆☆

九．【冥王星】

車内放送「ここは……太陽系の果て。冥界の王が支配する……『死の星』……」
　不安に襲われるミサ。
ミ　サ「ねえアリア。今の声、おかしかったよね……？　ねえ、すっごく寒くない？　早く地球に帰ろ？　帰れるんだよね？」
アリア「もちろんよ」
ミ　サ「よかったぁ！」
アリア「あなたはね」

ミ　サ「……それは、どういう意味？」
アリア「わたしはここで降りるから」
ミ　サ「え、でも、ここ、死の星なんだよね……？」
アリア「そうよ」
ミ　サ「だったら降りちゃだめだよ」
アリア「ごめんなさい。わたしは、地球に帰る切符を持ってないから」
ミ　サ「切符とか、そういうことじゃないでしょ!?」
アリア「もう行かなくちゃ」
ミ　サ「だめだって！　行かないでよ！」
アリア「ミサ。あなたの願いごとは何だったかしら？」
ミ　サ「そんな話してない！」
アリア「ミサ。あなたの夢を、もう一度、わたしに教えて」
ミ　サ「アリア！」
アリア「ミサ、お願い」
　アリアの真剣さの前に、ミサは引き留めるのを諦《あきら》める。
ミ　サ「私の夢は、星町の天文台で働くこと……」
アリア「今の言葉、忘れないからね。星空の果てに、わたしを見つけて。約束よ」

ミ　サ「アリア……！」
アリア「短いあいだだったけど、楽しかった。ありがとう。それじゃ、お元気で」
　アリア、微笑《ほほえ》み、明るく。
アリア「さようなら」
　アリア、去る。
ミ　サ「今夜のことや、あなたの声は、私、絶対に忘れないから」

【♪演奏『声』】

☆☆☆

一〇．【星町】

ミ　サ「気づくと、私は星町の丘に戻ってた。いっしょに星巡りしたはずのアリアは、見つからなかった」
ミ　サ「次の日。学校に行くと、アリアの席がなくなってた。クラスメイトは誰ひとり、彼女のこと覚えてなくて、まるで、最初からいなかったみたい……」

少しの間。

ミ　サ「家に帰ると、カレンから手紙が届いてた。『大好きなミサへ』。うれしい言葉からはじまった手紙だけど、内容は、カレンの遺言だった。数日前に、カレンは病気で死んでしまった」

少しの間。

★手紙の内容をカレンが語る。（天海さんの一人二役）

カレンの声「大好きなミサへ。流星群の夜、怒ってごめんなさい。後悔してて、ずっと謝りたかった。本当はあたしも、あなたといっしょにいたかった。それで、もうひとつごめん。ミサがこの手紙を読んでるとしたら、あたしはもう星になっているの。引っ越したのは、有名な病院へ入院するため。病気のことを隠したのは、心配されたくなかったから。入院中は、飲めなかった牛乳も、がんばって飲んだ。でもやっぱり最後まで嫌いだった」

少しの間。

カレンの声「ねえミサ。あたし、ミサが幸せになることを、天から祈ってる。だから暗い夜でもうつむかず、星や月を見て。じゃあ、元気でね。短いあいだだったけど、楽しかった。ありがとう」

ミサにスポットが当たる。

ミ　サ「星巡りの夜から、私は少し変われた。それは全部、あなたのおかげ。ありがとう。あなたのこと、ずっと忘れない。何年たっても、何十年たっても、ずっと」

暗転。

ミ　サ「だって、あなたが嫌いだった牛乳を見るたび、思い出しちゃうからね」

【♪演奏『ミルク』】

☆☆☆

一一．【エピローグ・星町】

プロローグのつづき。字幕とモノローグのみ。

字　幕「二〇一九年三月二三日、星町」

ミサＭ「――ねえ、聞こえる？」

少しの間。

ミサＭ「私ね、あなたに約束したとおり、天文台で働いたんだよ。世界中が注目した史上初の月への有人着陸でも、中継するための大事な役割を果たしたの。ふふっ、信じられない？　本当だからね」

少しの間。

ミサＭ「でも……私のお仕事は、今夜でおしまい。残念だけど、この天文台はもう閉鎖されてしまうの。昔は高性能だったけど、今ではすっかり時代遅れになっちゃったから」

少しの間。

ミサＭ「ところで、知ってる？　今夜はね、あのとき以来、五七年ぶりに見られるのよ。何がって？　あなたといっしょに見た流星群。最後に、あなたと見たかったの。今度は願いごと、ちゃんと決めてきたから。あなたは、何を願うのかな。何を叶えたいのかな」

暗転。

ミサＭ「それじゃ、いっしょに見よう。『桜流星群』」

【♪演奏『桜流星群』】

〈ＥＮＤ〉

あとがき

こんにちは。今回は本編ではなくスピンオフです。主人公は共和国でも連合王国でもない国の、ふつうの高校生で、しかも「私」の語りで、本編とは物語の雰囲気がまったく違うので、戸惑《とまど》われた方もいるかもしれません。

とはいえ、本編とは無関係ではなく、この先のあるところで関わってきます。

この小説は、もともとは次世代J－POPアーティスト『H△G』と『月とライカ』のコラボレーションライブの声劇用に、WEBで連載していたものです。

今回書籍化するにあたり、その連載を大きく加筆修正して、三人称だった物を一人称に変更するなどした結果、文字数が一五〇パーセントに大増量しました。

物語の内容は、H△Gの楽曲とライブのセットリストの流れに合わせた話で、冒頭の注釈にもあるとおり、プロジェクト全体のイメージでもあるかの有名な小説『銀河鉄道の夜』をベースに構成しました。なお『銀河鉄道の夜を越えて』というのは、H△Gの楽曲名です。

また、今回は声劇のシナリオも収録しています。台詞《せりふ》の端々に、ライブと歌詞に合わせた仕掛けが仕込んであります。

その声劇は、東京で一夜限りの公演だったために来られなかった方も多かったのですが、このたびなんと映像化しまして、三月二五日発売のH△G『瞬きもせずに（blu-rayDisc）』に八

○分完全収録されています。是非ご覧になってください（※パッケージの詳細はあとがき後の広告に載ってます）。

ところで、今巻の途中で、『月とライカ』企画立ち上げ時からの担当だったT氏から新担当Y氏に交替となりました。T氏は蒸留酒《じんせい》と共に、どこかから応援してくれることでしょう。ありがとうございました。

かれい先生、百合みあふれる尊く綺麗《きれい》なイラストの数々……堪能しました。

H△Gと関係者の皆さま、声優の伊達朱里紗《だてありさ》さん、天海由梨奈《あまみゆりな》さん、今回はコラボという形でご一緒できてとても楽しかったです。

そしていつも繰り返し書いていますが、読者の皆さま、おかげさまでスピンオフや映像作品も出すことができました。感謝です。

H△Gから入られた皆さま、まずは一、二巻をセットで読んでみてください。H△Gの世界観が好きなら、気に入っていただけると思います。

それでは、つぎは本編六巻でお会いしましょう。

牧野圭祐《まきのけいすけ》

✿ あとがき ✿

牧野先生！　発売おめでとうございます！
あとがきを書かせていただけるなんて…人生初でして…
よろこびと緊張に震えながら書いております…

私もミサとアリアと一緒に星巡りをしていたような、
そんな気分で読み終えました。
アリアの言葉にドキッとしたり、ハッとしたり。
自分の気持ちを伝えることが苦手なミサと自分自身が
何度も重なったり。自分と向き合うってすごくエネルギーを
使うし怖いと思うんです。でもミサは勇気を奮い立たせていた。
その姿にとても心動かされました。
カレンへの想いも、アリアへの想いも、きっと届いていると
私は信じています。

そして！同郷の牧野先生とは出会ってからもう何年も
経ちますが、「一緒に何かやりたいね！」が叶ったのは
2019年3月23日に開催された、
「声劇　銀河鉄道の夜を越えて ―月とライカと吸血姫 星町編―」
でしたね！
HΔGの曲になぞらえて牧野先生が紡いで下さった物語を

初めて読んだ時は鳥肌が止まりませんでした…
伝わるというより…すっと心に入ってくる言葉たち。一緒に作品を
つくれること、とても光栄に思いました。
読者のみなさま、なんと声劇は映像化され、
Blu-rayにて2020年3月25日に発売されますので！
ぜひそちらもおたのしみ下さい
あとがきを読んで下さったみなさま、ありがとうございました。

2020.
Thanks!
HΔG

コミカライズ版はマンガアプリ&WEB『コミックDAYS』(講談社)で連載中!
月とライカと吸血姫《ノスフェラトゥ》
単行本
第1巻
発売中!
1
月とライカと吸血姫
漫画/掃除朋具
原作/牧野圭祐(小学館「ガガガ文庫」刊)
キャラクター原案/かれい

GAGAGA
ガガガ文庫

銀河鉄道の夜を越えて ～月とライカと吸血姫 星町編～

牧野圭祐

発行　2020年3月23日　初版第1刷発行

発行人　立川義剛

編集人　星野博規

編集　田端聡司　湯浅生史

発行所　株式会社小学館
〒101-8001 東京都千代田区一ツ橋2-3-1
［編集］03-3230-9343　［販売］03-5281-3556

カバー印刷　株式会社美松堂

印刷・製本　図書印刷株式会社

Printed in Japan　ISBN978-4-09-451831-3